U0052526

Seba・蝴蝶

Seba·蝴蝶

Seba・蝴蝶

蝴蝶館 05

禁咒師

卷肆

Seba 蝴蝶 ◎ 著

目次

人物介紹

甄麒麟

當世唯一被賦予「禁咒師」稱號之人，年齡成謎的超資深美少女，食量與酒量都超級大的美食主義者，同時也是動漫迷與網路遊戲粉絲。目前受雇於紅十字會，專責處理精神異常的魔、墮落的神仙、膽大妄為的妖靈製造的恐怖活動。

身負慈獸與大聖爺兩脈血統，麒麟的能力異常高超，但身負重傷之後，靈力大幅衰退，埋下極深的隱患。

宋明峰

茅山派宋家最後擁有天賦的傳人，立志發揚家傳絕學，而遠赴紅十字會深造。在妖魔的眼中，是一塊上好的美味佳餚，所到之處經常會引起各種靈騷。

擁有奇異血緣天賦的他，拜入禁咒師門下後，能力逐漸得到啟發，卻也同時引來神魔兩界的注意，爭端一觸即發。

蕙娘

麒麟早年所收服的式神，雖然常以宋代仕女的嫻雅形貌現身，本相卻是已修行八百年的大殭屍。生前曾是名動京城的廚娘，如今則以其絕代廚藝餵養麒麟永不饜足的胃口，是麒麟最貼身的助手、管家，也是最得力的戰友與知交。

英俊

姑獲鳥的族民，飛機的守護「妖」，形貌為具有九頭蛇頸的鳥身妖禽。一次機緣巧合成為明峰的式神，此後終其一生追隨明峰。一般型態下為九頭鳥身，變身為戰鬥型態時，會化身為睜著無辜大眼的蛇髮少女。

宋明熠

明峰的表弟，只擁有一點點淡薄天賦，因此看得不夠清楚，惹麻煩的等級也稍遜於明琦。目前就讀於中都某大學，同時也是「靈異現象研究社」的成員。某次在電影院見到明峰的式神英俊後，一見鍾情，展開他熱烈的追求行動。

鬼武羅

居住於崑崙山附近，看守天帝密都青要之山的降霜女神，原是山鬼一族的女子，經修煉而成妖仙，擁有洋溢著生命活力的美貌。據傳她頗受天帝青睞，是三界人人都知道，卻沒有人敢說破的，天帝的小老婆，因而令王母嫉妒憎恨。

陸西華

魔界至尊的稱號，本是墮落天使一族首腦之名，此名代代相傳，根源可上溯到創世之初。這一代的陸西華英明果決，樹立起嚴厲殘酷的權威，但因魔界天災人禍頻仍，又有內亂隱伏，為了整個魔族的存續，他正在積極尋找一個可以接任的皇儲。

李嘉

魔王陸西華的隨身侍衛，素有「內丞相」之稱，為人忠心耿耿、剛正不阿，從來不以聲名利祿為意，和狡詐的同僚非常不同。

羅紗

魔王宮廷裡的琴姬，是一名洗罪後轉生為魔族的人魂，本名荼靡。其琴音不僅甚得上代陸西華的喜愛，也是這代陸西華的寵兒。服侍魔王數百年，羅紗抵擋過無數殺手刺客，卻也因而毀了半邊容貌與一身健康。

葉舒祈（魔性天女）

列姑射島北都城的管理者，擅長運用電腦，能用資料夾容納眾生，也能循網路入侵他界。其能力為都城精魂魔性天女所賦予，因此有其界限，但仍讓三界眾生忌憚不已，不敢在她眼皮下犯事。雖然地位崇高，舒祈卻不依恃，只以排版打字維生。（詳見《舒祈的靈異檔案夾》）

曉媚

魔王隱藏在人間的情人，是一名擁有部分海妖血統的人類女子。與魔王陸西華在人間相遇相戀，卻因封天絕地而隔離，魔王只能暗中委託都城管理者舒祈代為照看，防止她成為魔界權力鬥爭下的犧牲品，但她一直在設法尋找失去音訊的魔王。（詳見《舒祈的靈異檔案夾》）

聖后

魔界異常者的女王，因與一般異常者瘋狂病態的殺戮本能有異，懂得以鐵腕與秩序駕馭部屬，而凌駕在其他異常者之上，成為魔王的心腹大患。

Seba・蝴蝶

楔子

當他出現在死屍遍布的慘烈中，麒麟的心裡暗暗嘆息了一聲。

該來的總會來，「他」來總好過任何天人或天神。

莊嚴的漂浮在淡藍的虛空中，瞳孔宛如深冬之夜，背後極展著三對翅膀，卻是黝暗深沉的墨黑。

「你不該出現在這裡，陸老大。」全身痠痛的麒麟乾脆坐下來，把驚呆的鬼武羅塞在背後，「根據神魔和約第一說第五款第九十六項細則……」

「麒麟，別跟我耍嘴皮子。」麒麟口中的「陸老大」開口了，深沉的聲音在每個人的心裡引起一陣戰慄，「這只是我的虛像。」

「見鬼的虛像。」麒麟回答的很乾脆，「我不跟你玩什麼幾實幾虛的文字遊戲，你想做什麼？統一魔界的霸主？」

陸不說話，只是睥睨的望著她。

「妳有其他選擇？」他彎起一抹嘲笑，「長出麒麟角的妳，犯下殺孽的少年真人……還是說，妳想去天界當聖獸，讓妳心愛的弟子去天牢？或許東方天界會仁慈的將他關在南獄，等同王孫貴族的『享受』。」

南獄是專門拘禁王孫貴族囚犯的監獄，環境優美一如宮殿，還有侍兒服侍。但監獄就是監獄，再美還是監獄。何況南獄的犯人通常刑期遙遙無期。

麒麟大剌剌的從懷裡掏出一個小小的扁瓶，咕嚕嚕的喝了起來，然後哈出一口酒氣。

「你知道我的個性的，我誰的帳也不賣。」她滿臉不在乎，「我現在是累了點沒錯，但要大鬧天宮，或者搗鼓個天翻地覆也不會有什麼問題……魔王老大，我不吃威脅這套的，你若要打，我們可以開始動手。我還沒試過用聖獸的力量打過架，說不定我會喜歡呢。」

魔王凝視著她，麒麟也無畏的凝視回去。

「其實……」陸的語氣和緩下來，「我也只是想請你們去作客而已。」

「我對陽光不足的地方沒興趣。」麒麟一口回絕。

「太可惜了，」陸很遺憾，「魔族對美酒的鑑賞能力實在不足，我一個人喝不完這許多酒……」

酒？麒麟的瞳孔倏然擴大，悄悄的嚥了口口水。魔王的酒窖，三界馳名。許多罪大惡極的歹徒都私藏著最好的釀酒祕方，而當初神魔和約裡頭就協議過，聖魂歸神，罪魂歸魔。

這條該死的協議讓魔王擁有許多技藝高超的罪魂，也掌握了無數失傳的絕妙祕方。

「儀狄、易牙，他們現在都轉生為魔族，成為我的御用釀酒師和廚師。」陸誘哄著，「妳是東方人，應該聽過他們的名字吧？」

「……我聽過。」麒麟的眼睛都直了。

在一旁的蕙娘看情形不對，拚命搖著兩眼發直的麒麟，「主子，主子！不要幾罈子酒，幾盤好菜，就可以把妳拐著跑呀～」

「呃？哦？哦哦哦！對，你怎麼可以這麼過分?!」她清醒過來，「用飲食誘拐少女，非奸即盜！我是那種人嗎？我是幾罐子酒幾盤子菜就可以拐跑的人嗎?!你把我想簡單了……」

蕙娘暗暗鬆了口氣，卻覺得有點悲傷。主子，妳真的差點被拐跑了……

魔王卻不動氣，只是微微一笑。「手塚治虫大師。他拒絕天堂的邀約，目前在我那兒。妳知道我向來珍惜有才華的人……他現在正在連載《三眼神童》的續集，《火鳥》最新一季的劇場版動畫，也在魔界各大電影院上映中……」

麒麟張大了嘴，好一會兒連話都說不出來。

「……你是個渾球。你完全是個該死的、邪惡的、混帳到極點的渾球！」麒麟抱著腦袋大叫。

「謝謝妳的誇獎。」

*　*　*

東方天界的追兵趕到時，滿地死屍，卻不見麒麟和明峰的蹤影。

只見鬼武羅愣愣的坐在地上，滿眼不可思議。

授命於王母的密令，帶頭的二郎神大急。雖說追獲失蹤的鬼武羅很好，但重要的不

是這位妃嬪，而是需要帶回天界的禁咒師和她的弟子。

「武羅娘娘，禁咒師和少年真人呢？」他發急了，完全顧不得禮數。

「呃？」鬼武羅發愣了一會兒，不知道該怎麼說明。她組織了一下，怯怯的說……

「麒麟去魔界喝酒吃飯看漫畫了。」

「……………」

一、在黯淡的月光下

「如果是妳故意不讓他醒來的……麒麟，希望妳明白，我的忍耐是有極限的。」

「哦？」她翻了翻白眼，「你想怎麼樣？陸老大？」

「妳並沒有其他的選擇。」

「從我死而復生那天起，我就不打算考慮『選擇』這個問題。」

等魔王離開以後，懶在沙發上的麒麟暴跳起來，一腳踹上大門，「擺什麼架子?!好了不起嗎?!我甄麒麟的地盤隨便你愛來就來？佛祖的帳我都不賣，我要賣你這小小的雜毛魔王？做你的春秋大夢吧！」

「……主子，小聲點。」雖然知道沒用，蕙娘還是苦勸著，「魔王會聽到……」

「聽到就聽到，我會怕他嗎?!蕙娘，妳也真是的，怎麼就開門讓他進來？」

蕙娘啞口無言了一會兒。妳……睡人家的宮房，吃人家的珍饈玉體，看人家大師的漫畫……還不打算給人進來？

更不要說，那不是別人，而是統一魔界，唯我獨尊的九天大魔王。

和分裂、各自為政的天界不同，魔界自從神魔大戰簽訂和平條約後，閉關自守的魔界經過上萬年的爭鬥，終於在千年前統一在相同的旗幟下。上任魔王因為積勞成疾和舊傷復發退位後，他的獨生子繼承了「陸西華」這個名字，繼任為王。

身為魔界皇族最後一個自然生產的子嗣，他的英明果決和殘酷相同的馳名。比起上一任的「陸西華」，他更野蠻的使用鐵腕政策，王族庶人一視同仁，謀反者死，絕無寬貸。

但是另一方面，他又積極懷柔，對於謀反者的親眷極度優渥，再三聲明罪不及他人，採納人才不分出身種族，惟才是用，他身邊的親信大臣不乏罪族出身。

這和他父親趕盡殺絕的做法截然不同，但顯然非常有效。

雖然被麒麟譏諷是「鞭子和胡蘿蔔」的交互運用，但蕙娘對於這位內斂嚴厲的魔界君主頗感畏懼。

須知魔族不比天人講究倫常道理，又比妖族更為狡詐善變。她當麒麟的式神久了，耳濡目染，天界種種也知道個七八分，但魔界……麒麟總是避而不談，蒙上一層神祕的面紗。

但她是殭尸。許多事情不用談，她也本能的知道危險。看著大發脾氣的麒麟，她很為難。

她胡亂找了瓶酒出來，又騙又哄的，「是了，何必賣魔王的帳呢？但大師的連載妳也還沒看完，魔王一生氣，不肯供應了怎麼辦？主子，咱們來作客，多少要有點客人的樣子……」

麒麟張著嘴，把罵到一半的句子吞下去，「……說得也是。」

蕙娘暗暗鬆了口氣，卻又覺得有些悲傷。她的主子這麼聰明伶俐，但隨便幾本破漫畫就可以拐著上刀山下油鍋。

看她轉移了注意力，蕙娘趕緊加重藥劑，「明峰這樣睡下去也不是辦法……他久久才呼吸一次，也沒了心跳。這樣真的……」

真的沒有問題嗎？

「放心啦，」麒麟癱回沙發，「他只是用了不該使用的『力』，超載短路了。現在他的情形，用道家來說，是『龜息』。」麒麟搔了搔頭，「但是我從來沒教過他怎麼龜息欸……這門吐納早在人間失傳了。」

……那妳怎麼會的？

跟隨她幾十年，蕙娘還是不想太了解她那比妖怪還妖怪的主子。瞥了一眼熟睡了十幾天，動也不動的明峰。普通人這樣不吃不喝不打點滴早該歸西了吧？但明峰除了身上的傷痕迅速痊癒，連消瘦一分都沒有……

她發現，她也不太想了解明峰到底是啥了。

跟這兩個「人」相處越久，她身為殭尸的尊嚴就越薄弱。

到底誰像妖怪多一點，她還真的越來越搞不清楚了。

＊　＊　＊

擱下漫畫，麒麟注視著她依舊熟睡的弟子。

第十一天。她這個奇特的弟子已經沉睡了十一天。身為人，就被束縛在「人」這個強力的禁咒中。正因為是「人」，並且意識到他人也是「人」，所以「殺人」這件事情，特別的難以忍受，沉重得足以壓垮任何人的人生。

「第一次，總是比較痛的……」麒麟喃喃著，乾了一杯陳年女兒紅。

出生於和平，純潔得像張白紙的明峰，一出手就是滔天的殺孽。別說天界那婆娘拿這當藉口出兵討伐，連明峰自己都承受不住，意識像是過熱的保險絲，滋的一聲斷得乾乾淨淨，一傢伙逃避到夢鄉裡去了。

嘖，早晚要面對，夢鄉路穩，但也不宜常至，何況一睡十二天。

「起床了。」麒麟懶得站起來，踹著明峰的床鋪，「你再不起床，我很不方便呢！」

任蕙娘千呼萬喚，沉睡如死的明峰，居然睫毛顫抖，呻吟著翻過身，拉起被角蓋住頭。

「起床，起床！」麒麟踹得更起勁，「你不起床做飯，想累死蕙娘餓死我？快給我起床！」

蕙娘聽到吵鬧，進房裡一看……她那不像樣的主子，癱坐在沙發上，一面使勁的踹著明峰的床鋪。

「……主子，妳要吃什麼，我去煮就是了……」她勸著，「何必找個病人的麻煩呢？」

「他哪有什麼病？」麒麟把整壺酒都乾了，「如果逃避現實也算病的話，那他真的需要我好好治療。」

她赤著腳，跳上床鋪，趴在明峰的身上，扯下被子，對著耳朵嚷著，「宋明峰！你再不起床……我就要親你了！」

蕙娘扁了扁眼，她這些天費盡苦心，甚至連妖力都出動了，明峰說不醒就是不醒。怎麼可能妳三言兩語就……

然後她眼睛都直了。

十一天來動都沒動的明峰，居然跳了起來，縮到床角大叫：「不！不要！非禮啊～」

……這是怎樣？為什麼這樣明峰會清醒？

「哎呀，妳不懂的啦！」麒麟懶懶的跳下床，又去癱在沙發上，「只要關鍵字對了，什麼都可以當作咒啦……」

蕙娘頹下了肩膀。侍奉麒麟越久，她就覺得常理距離她越遠。

驚恐的明峰看看這個徹底奢華，帶有強烈古典風味的豪華寢室，和癱在沙發上的麒麟。他尖叫起來，「麒麟！妳的頭！妳怎麼會有……會有……」

「會有角？」麒麟摸了摸鬢邊長出來的兩隻小角，毫不在意的說，「很俏皮吧？我自己照鏡子都覺得滿萌的。」

萌？萌不是重點吧？「喂！我說什麼妳說什麼？這是哪裡，妳怎麼會變成這樣?!妳該不會真的變成慈獸了吧？我死了嗎？這裡該不會是天堂吧～」

「唉啊……這很難說明欸。」酒喝光了，她開始摸起桌子上的糕點塞嘴巴，「歡迎光臨地獄，先生幾位？」

「……我們在地獄？」明峰瞪大眼睛。他雖然不算什麼好人，但也沒差到得下地獄吧？

「嚴格來說，地獄只是這裡的一部分啦！」麒麟敷衍地拍拍他的頭，手上還沾了一些糕點的屑屑，「這裡是魔界。」

「魔、魔界？」明峰機械似的重複麒麟的話。

「嗯，我們在大魔王陸西華的皇宮作客。」麒麟把最後一塊糕點塞進嘴裡，皺了皺眉，「跟他們說過多少次了，綠豆糕不要弄得那麼甜，鬧得我頭疼。蕙娘，魔王送的特級伏特加……」

她話還沒說完，只聽到咚的一聲，剛醒來不久的明峰翻了白眼，暈了過去。

麒麟和蕙娘相視一眼，麒麟聳了聳肩，「他的神經比少女還纖細。」

「……」

等明峰再醒過來，覺得世界顛倒，一切都變了樣。

他的記憶只到聽到麒麟的噩耗，然後就斷了線。至於後來發生了什麼事情，為什麼他會在魔界，一點頭緒也沒有。

這到底是怎麼回事啊啊啊～

「你不記得了？」麒麟滿眼同情。

摸了摸身上巨大的疤痕，他一陣慌張，「發生了什麼事情？鬼武羅呢？為什麼我完全想不起來？」

「噢……」麒麟懶懶的低頭看漫畫，「你不過是受了太大的刺激，脫光了衣服跑來跑去，把崇家那票混帳嚇壞了。」

「妳胡說！」明峰氣得發抖，「妳根本是呼嚨我的！……對吧？蕙娘，麒麟在鬼扯對吧？」

……我看你似乎相信了。蕙娘搔了搔頭，沒有說話。

看蕙娘不開口，明峰更慌張了，「……不會吧？我真的脫光衣服跑來跑去？麒麟……」

「我鬼扯的。」她誠實的回答。

「……」明峰額頭冒出斗大的青筋，第一百零一次起了弒師的念頭。

「問我怎麼會知道。」麒麟推了個乾乾淨淨，「我看到你的時候你已經躺在地上，鬼武羅看起來衣服穿得好好的，不像被你欺負……」

「甄麒麟！」明峰怒吼了起來。

「那麼大聲幹嘛？」她看完最後一頁漫畫，「手塚大師畫得好慢……下一集什麼時候出啊……」她悲傷得不能自抑。

明峰將她的漫畫一拋，「妳不要想逃避！英俊呢？為什麼我呼喚她也呼喚不來？」

「英俊應該還在人間。」麒麟敏捷的將漫畫接回來，「別擔心，她會照顧自己……就算她想來也沒辦法啊。她道行還太淺，想穿越魔界的邊界是有困難的。」

不過麒麟沒有告訴他，這只是原因之一。那場超過負荷的大爆發，引起了不小的副作用。或許是下意識恐懼於這樣的殺孽，明峰像是被自己封印住了，不再擁有那種無視各種規則的能力。

其實沒差。麒麟暗暗的聳了聳肩，她這個弟子聰明身體笨腦袋，大概也感覺不到當中的差異性。只苦了她這個倒楣的師父，得當笨徒弟的保鏢。

「你給我惹了這麼多麻煩，還不去做飯給我吃？」她一腳將明峰踹進廚房，「吃飽了我才有力氣幹活你都不知道？」

「吃飽？」明峰氣得發抖，「半個鐘頭前妳才吃掉滿桌的早餐，現在是要吃那一頓啊?!」

「十點了，是早午餐的時間。」麒麟一點不好意思的樣子都沒有，「別想拿幾片土司打發我，我是中國人，要吃飯的。還有，我不要喝稀粥，不頂餓。」

「妳不怕把傷口撐裂嗎?!」明峰又跳又叫，「妳這個、妳這個……呃……」背後一陣濡溼，手一摸，滿掌的血。

「蕙娘，」他的聲音帶著絕望的冷靜，「我好像把傷口吼裂了……」

蕙娘默默的去找醫藥箱，看著明峰背上裂開來的傷痕。

這對師徒，在這種地方，真是意外的相似……

「拜託你們，別再把傷口弄裂開了。何年何月才會痊癒啊……」蕙娘真的有幾分想哭。

明峰清醒不過三天，原本安靜的宮室熱鬧的像是有五百隻鴨子。

蕙娘看著這對不像樣的師徒吵吵鬧鬧，深深懷疑他們到底有沒有「自覺」這種東西。

耳濡目染真是可怕的事情……每個讓麒麟教導過的學生，都有種麒麟式的任性與韌性。

普通人遭遇到這麼恐怖的經歷、失去記憶，睡了十幾天才醒，正常來說，不應該恢復得這麼快，而一點愴然和恐慌的情緒都沒有吧？

但是明峰醒來不到半天就被麒麟踹進廚房，他本人一如往常對著麒麟大吼大叫，手裡還不斷的切菜煮飯。更神奇的是，這對師徒自然的跟什麼似的……

我們在魔界欸，先生小姐。

雖然魔王禮遇，配置了獨立的修羅宮給他們起居，也答應了麒麟的要求，不讓其他魔族來打擾他們，撤去了所有侍女。但是宮牆之外，布置了重兵看守，說是插翅難飛亦不為過。

這根本就不改他們被軟禁的事實啊！

「你不覺得奇怪嗎？」做飯的時候，蕙娘試探性的問明峰，「為什麼我們在魔界？」

「我當然覺得很奇怪啊。」他忙著往湯裡撒鹽，「不過麒麟說要來，一定有她的理由。她能夠用常理判斷？不能嘛。她不是說，她來魔界喝酒吃飯看漫畫？」

「……你相信？」蕙娘差點失手掉了菜刀。

「別人我不信，如果是麒麟……」他氣餒的看著在客廳看著動畫哈哈大笑的師父，「對於一個可以把中興新村住成陽冥交界的師父，這理由再正確也不過了。」

……蕙娘突然不知道該說啥。

「主子，」蕙娘小心翼翼的問，「明峰清醒了，是不是該通知魔王一聲？」

「為什麼要通知他？」麒麟連頭都不抬，「幹嘛我要通知那隻長翅膀的雜毛魔王？」

……妳在人家地盤上，可不可以別這樣？蕙娘深深的感到無力。

「但是……」

「哎呀，別擔心啦蕙娘，」她敷衍的拍拍蕙娘的手背，「當初他怎麼說的？請我們來作客而已。我們肯安分的待在修羅宮已經給他天大的面子了，安啦。」

……妳明明知道他要的不是這個啊！

第四天，蕙娘強烈的不祥預感成了真，怒火中燒的魔王親自來到他們寢宮，強烈的魔威完全不遜於神威，饒她是八百年修行的大殭尸，在魔界至尊的眼前，也軟弱得像是無助的孩子。

在她被衝擊得幾乎軟倒的時候，麒麟大剌剌的癱在沙發上，明峰只是瞪大眼睛，好奇的看著這個有著三對黑翅膀的「人」。

「他是魔界的人嗎？」他問著麒麟。

麒麟掏了掏耳朵，「唔……算是吧。他是統一魔界的老大，魔王陸西華。」

明峰張大嘴，「……那個墮落天使陸西華嗎？」

深感大禍臨頭的蕙娘，頭痛的掩住眼睛。

「晨星陸西華是我父親。」發怒的魔王開口，聲音平穩而內斂，「幸會，少年真人。」他伸出了手。

明峰看了他幾眼，心裡升起一陣古怪。他體質特殊，從小就被妖異魔物之流糾纏，常有性命之憂，所以對眾生特別敏感。但是仔細想想，他看過妖族、妖異、魔獸，但是當中對他有歹念的眾生中，幾乎沒見過魔族。

這是他第一次這麼近距離的觀察一個魔族，而且還是魔族的老大。但是坦白講，他對這個魔族老大有多厲害、多偉大實在一點概念也沒有。

最重要的是，他感覺不到危險的氣。反而這個魔族老大某種程度來說，和大聖爺、子麟奶奶，有些相似的氣質。

明峰擦了擦溼漉漉的手，和魔王握了握。

剛開始的時候嚇了一跳，像是微弱的靜電穿越，過了一會兒，這種異樣感就消失了。

大概是天氣太乾燥。他清醒到現在，幾乎都在廚房忙碌，偶爾抬頭望著天上的月亮，除了黯淡了點，和人間其實沒有什麼不同的地方。

魔王卻意味深長的笑了。原本的怒氣也平息下來。

「歡迎來到魔界。」他的聲音溫和，「身體可大好了？」

呃？他沒生什麼病啊……就失掉了一點點記憶。麒麟說他睡了十一天，實在他沒有感覺。「我本來就沒生病。」

魔王彎了彎嘴角，「你來魔界也不少時間了……老在這宮院中，不悶麼？李嘉。」他喚著隨從，「帶少年真人去走走，讓他看看魔界也有不輸天界的好風光。」

欸？這樣好嗎？他求救的看著麒麟，但麒麟只是聳聳肩，「別被魔界的小姐拐走了。我可不希望將來魔界的小姐哭著說，『人類都是禽獸壞蛋騙子』。」

「……我是那種人嗎?!」明峰對著她吼。

「別又把傷口吼裂了。」雖然因為魔威脫力，蕙娘還是很賢慧的叮嚀。

「……」

等明峰跟著李嘉離開，魔王和煦的臉色瞬間成了大雪山，森寒無比的看著麒麟。

「禁咒師，妳敢在我的宮院裡玩這種把戲？」他的眼中冒出怒火，身形不動的把麒麟的筆記型電腦炸得飛起來。「妳居然敢架起結界，遮蔽我所有耳目？」

「你若發一本《作客規範》，詳細列上什麼我可以什麼我不能，你也不會生氣，我也不用犯規，豈不是皆大歡喜？」麒麟將粉嫩的赤足擱在茶几上，「不教而殺謂之虐，我猜魔王也念過幾本中國古書吧？」

魔王逼視著她，許久不言語，「這麼說來，還是我不對囉？」

「我這個人是很寬宏大量的，」麒麟大方的攤攤手，「我原諒你了。」

「……甄麒麟。」魔王的語言像是燃燒著怒焰。

「你要怪先去怪舒祈。」麒麟聳聳肩，「這結界是她傳給我用的。」

「……妳把管理者扛出來我就會怕？」

「我也不懂你們怕她什麼啦，一個小城市的管理者而已。」麒麟搔搔頭，「我一直不懂你們怕個拿蔥的大嬸做什麼。」

魔王眼睛闔了闔，高深莫測的看著麒麟。

他的確不用怕一個小城市的管理者。但那位管理者擁有絕高的天分，只要網路線可以抵達的範圍，都是她的領域。但她的能力不足以讓魔界至尊懼怕。

但魔王，卻在私人方面欠她人情。他明白，舒祈一個字也不會提，但他並不是忘恩負義的天人雜碎，雖然舒祈打死也不會對他開口，但他隨時準備著要還她人情。

舒祈會傳結界給禁咒師使用，無疑的是種低調的懇求。

觸怒他的人通常沒有好下場，看在舒祈的面子上，且容忍這隻無禮的麒麟吧。

「天界的勢力，對魔界鞭長莫及。」他冷冷的站起來，「我希望妳明白。」

麒麟有氣無力的揮了揮手，「我現在跟天界的關係搞成這樣，還有什麼後台可言？」

魔王短短的笑了一下。「稍後，我會讓李嘉把《作客規範》送過來。」他轉身，「為了彼此好，妳最好研讀一下。」

……你還真的要寫一本給我？魔族真的比神仙難搞多了。

「我會仔細劃線做筆記的。」麒麟敷衍的回答。

＊　＊　＊

隨著李嘉而行，才走到大門口，密密麻麻的軍隊排成兩列，非常一致的單膝跪下，把明峰嚇得差點跳起來。

李嘉的官位……是不是很大？

「夠了，你們嚇到貴客了。」李嘉喝斥著，「論禮數也不在這上面，都起來吧。」眾軍整整齊齊的站起來，依舊垂著首不敢逼視。

乖乖，好大的官威呀。

「這兒走，少年真人。」李嘉和藹的招呼，「女官恭候多時了。」

等他們走近，只見幾個手臂為翅膀，鳥爪，擁有美豔絕倫的臉蛋和窈窕身材的魔女朝他們跪下，李嘉非常自然的騎到翼身魔女的身上，卻將明峰唬得往後一跳。

騎騎騎騎……騎在女人身上？喂，這是種侮辱和不尊重吧？就算是魔女，也該有所尊重呀～

「少年真人？」李嘉訝異的看著臉色慘白的明峰。

「這……這萬萬不可！」明峰快暴走了，「欸，魔界沒有人權的嗎？怎麼就這樣騎在女人身上？任何種族的女人都該愛護寶貝的，怎麼可以這樣啊～太過分了！」

這群翼身女官相視，吃吃的笑了，原本冷豔的臉孔卻軟化溫柔起來。

「成什麼體統！在貴客面前嘩笑！」李嘉斥責著，「身為宮廷女官……」

都什麼年代了，還搞封建這一套。明峰不禁有些反感。「李大人，你就隨便帶我散散步能交差就好了，別為難這些女士吧。」

女官們看他堅持不肯將她們當作座騎，對這個人類的好感又多了幾分。女官長款款跪下，「少年真人不願騎乘，屬下將金輦拉出可好？初次飛行未免有暈眩之虞，還是金輦平穩些。」

李嘉思考了一會兒，點了點頭。翼身女官拉出金輦，待李嘉和明峰坐穩，便起飛升空。瞬間已在雲層之上，底下廣大的宮殿縹緲。

而天上，有著三個月亮，靜靜的照耀著。

魔界的月色特別朦朧，像是飽含著濃重的水氣，有種欲淚的感傷。黯淡的月光下，翼身女官鮮豔的翅膀，像是鍍了一層薄薄的銀。

水藍的月、金黃的月、銀白的月。交互輝映著淡淡的光芒，整個天空迴旋著異樣的深紫，美而迷離。

「魔界沒有天亮的時候嗎？」明峰脫口而出。

「呵，魔界十天皆夜，十天皆日。這十天是『月瞑』，再過幾天就到『陽日』，那就會連著十天都是白天了。」

真奇特。涼爽的夜風吹拂，他一點也沒有感受到傳說中魔界的恐怖陰森。即使是漫長夜，依舊有著甜美的風。

凝視著水藍的月亮，他突然有種說不出來的、熟悉的感覺。

察覺到他的目光，李嘉微笑，「少年真人發現了？」他指著水藍的月亮，「那是人間。」

他嚇得站起來，差點摔出金輦。「……地球？」

趕緊抓住他的李嘉啞口片刻，覺得很難說明，「唔……你要這麼稱呼也可以……但那是人間。」他指著金黃的月亮，「那是天界。那個銀白的、會盈虧的，是月。」

明峰整個呆掉，望著天空的三個月亮。「……我一直以為魔界在地下。」

「這個……」李嘉為難了，「就配置上來說，三界像是三明治。天界和魔界是上下兩塊土司，人間是中間的餡。從天界的角度來說，的確魔界在下。」他意味深長的笑笑，「但從魔界的角度來說，是天界在下。」

他瞠目看著李嘉，又瞪著三個月亮。

「在人間應該是看不到魔界和天界吧？」李嘉寬容的彎了彎嘴角，「人間往理性的路上走去，多少會損失一些看見真實的能力。」

這和明峰的認知，完完全全的不同。

在這樣安靜的月夜裡飛行，他心裡有種異樣的滋味在蔓延。有幾個人，可以這樣親眼看見真實呢？他真的很幸運。

這樣美麗、銀樣模糊的夜，傳來一陣陣遙遠的琴聲。月、琴聲，飛逝的雲。他像是喝醉了。

原來所謂的「醉人」是這種樣子。

「可以飛低一點嗎？」明峰請求著，「我想聽清楚一點。」

李嘉有些為難，但他還是讓女官飛低一些，讓明峰聽清楚。在雲端中，明峰如痴如醉的聽了一夜的琴聲，更深露重，回去就打噴嚏咳嗽，重感冒了。

「人家說，傻瓜不會感冒，如果感冒，就不容易好。」麒麟沒好氣的塞了一杯滾燙的蛋酒給明峰，「喏。我第一次聽說夜遊到重感冒的笨蛋。」

趴在床上頭重腳輕的明峰翻了翻白眼，「……感冒可以喝酒嗎？」光聞到嗆人的酒氣，他就咳了好幾聲。

「感冒不可以喝酒？」麒麟吃驚了，「但我感冒灌上幾杯就好了。」

「……妳當人人都跟妳一樣妖怪體質嗎?!」明峰漲紅了臉，又大咳了幾聲。

「你這樣講太沒有禮貌了吧？」麒麟很不悅，「學生可以這樣詆毀老師？我什麼地方像妖怪？你說啊，說啊！……」

明峰咳得幾乎氣絕，麒麟又吵得他腦袋嗡嗡直響。

真是千金難買早知道。當初他該不顧一切，半夜逃跑也該跑回紅十字會……

「蕙娘，」他虛弱的問，「魔界有沒有火車時刻表？我想看一下什麼時候有往紅十字會的火車……」

「…………」

二、荼蘼花事盡

麒麟正在發怒。

魔王依約將《作客規範》送了過來，並且附上一封客氣卻不容質疑的信，請她看完整套《作客規範》之後，上繳一篇兩萬字的心得報告，不然無法繼續供應動畫、漫畫、小說等等娛樂。

問題是……你們魔界是否太閒，區區《作客規範》需要厚如電話簿，開本比照《大英百科全書》，紅皮燙金大本精裝，還足足有十二本？

（正確來說，有十三本。當中還有一本份量跟正冊不相上下的索引……）

「……妳是說，我得把整套都看完寫心得報告？」麒麟的聲音尖銳起來。

「是的。」將書用小推車推來的女官溫柔的回應，「王上要我轉達，整套《作客規範》都已經安放了『防翻閱禁咒』，您要每個字都看過，隨便翻翻會爆炸的。」

麒麟怒視著她，女官倒是心情平靜的回望她。

「我為什麼要……」麒麟跳起來，「我根本用不著甩那隻雜毛魔王！是他請我來作客的欸！好希罕嗎？我們走就是了，還需要鳥他什麼鬼《作客規範》……」

「王上說，手塚大師正在著手規劃新的漫畫。」女官笑咪咪的，「畢竟他在魔界有段時間，觸發了不少好點子。」

麒麟咬牙切齒，喉嚨裡滾著低吼。

「還有，托爾金先生……應邀來魔界了。」這個頭上長著俏皮的綿羊角，眼睛清澄如小鹿的女官，眨著碧綠的眼睛，「聽說他要著手完稿《精靈寶鑽》了。」

按著桌子，麒麟半天作聲不得。魔族比起腦殘天人，真是難搞太多了啊啊啊～

將牙齒咬得嘎嘎響，低頭看看崩塌時可能砸死人的《作客規範》，和無辜的女官……

「告訴魔王，我會把這十二本看完。」沒關係，我忍，我忍！為了漫畫和小說，什麼她都會忍下來。

「是十三本。」女官善意的提醒，「王上說，您要把索引先看完。」

……雜毛魔王，你會不會欺人太甚啊?!

「好、好……」麒麟不怒反笑，「告訴那隻雜毛鳥魔王，沒他身上的鳥毛，我靈感不太夠，可能寫不到兩萬字。」

女官露出困擾的神情，點了點頭離去。留下暴怒的麒麟對著十三大冊的《作客規範》生氣。她開始流利的用各國髒話罵魔王，蕙娘困窘的試圖安撫她，但收效極微。

正用四川偏遠方言怒罵魔王生兒子沒屁眼的時候，魔王冷著臉走了進來。

麒麟閉上嘴，怒氣沖沖的往沙發上一躺。魔王卻只是冷靜的審視她，從翅膀上拔了一根羽毛，遞給麒麟。

「我聽得懂妳說什麼。」他微微的泛出一絲冷笑，「我改變主意了，既然我賜予妳珍貴的羽毛，心得報告也該從兩萬字漲個三倍才合理。」

「……你這長滿羽毛的鳥人！」麒麟終於失控了，跳上去想掐死他。

「我昨天看過《精靈寶鑽》的第一章完稿了，真是精采。」魔王淡淡的。

「……惡魔，你這該死的惡魔！」麒麟怒吼，抱住了腦袋，「我恨你我恨你我恨你～」

「謝謝誇獎。」魔王好整以暇的坐下來，「妳會下棋麼？」

麒麟瞪了他一眼，沒有回答。

「如果妳下棋贏了我，我就減免一萬字。」

狐疑的望了魔王一眼，麒麟平靜下來。「哦？」

「如果我贏了妳，妳就將弟子讓渡給我。」

嘖，還不就這個目的。麒麟泛出一絲冷笑。「如果你贏了我，我就將弟子讓渡給你……一天。」她豎起纖白的手指，「你要知道，人類要轉化成魔族或天人，若非心甘情願，很可能會出現『異常者』。」

魔王臉孔閃過一絲陰霾，瞬間又若無其事。「很好。」他示意部下布上西洋棋，「他會心甘情願的。」

麒麟的心情突然變得很好，滿臉燦笑，「希望如此。」

正交戰時，明峰從廚房灰頭土臉衝出來，「吃飯啦！吃飯還要人叫嗎？妳今天是不是生病了？之前還沒煮好妳都在餐桌前面敲湯匙，今天怎麼……呃……」

他瞠目看到魔威極盛的魔界至尊坐在他們的客廳，和麒麟下著西洋棋，不禁有些詭異的感覺。

墨黑如長夜的俊俏魔王，雪白嬌豔如春光的麒麟。很對比、突兀，卻也有種異樣的和諧與詭麗。

宛如日與夜的交會，真奇怪，他突然浮現出一個非常老梗的成語「郎才女貌」。

難道魔王吃錯了什麼毒藥，想要追求那隻長了角的麒麟嗎？

「王上，您好。」他很有禮貌的招呼，雖然有些不安，「用餐時間到了，要一起吃飯？」

陸西華對他和煦的笑笑，「我用過餐了，謝謝。」魔王眼神飄忽的，隱隱有些不悅，「禁咒師，我記得派遣了最好的廚師來服侍妳。」

思考著棋路的麒麟漫應著，「那種完美到幾近虛假的廚藝是能吃嗎？美食也是一種強烈的咒。」她露出純真的笑，卻帶點邪氣，「我很挑食的。對於吃了會磨損心智的食物相當排斥。」

魔王眼睛閃了閃，卻沒有說什麼。他挪動了騎士，若無其事的和明峰閒話家常，「少年真人，聽說你生了場病。現在可好了？」

「其實只是感冒而已。」明峰有些羞赧，「沒什麼病的。」

「大約是水土不服。」魔王交疊著纖長的手指，「醫藥沒什麼幫助，還不如多出去走走，習慣了就好了。李嘉，」他喚著隨從，「帶少年真人出去走走。」

「啊？這……」我還沒吃飯欸！

「去吧。」麒麟看著棋盤，連頭都沒抬，「去看看魔界的風光……順便熟悉一下逃生路線。不然我們怎麼從這鳥地方逃走呢？」

「麒麟！」「主子！」明峰和蕙娘一起嚷了起來。

魔王卻沒有恚怒的樣子，反而彎了彎嘴角。「李嘉會安排你的午膳。也嚐嚐看我們魔界的口味……」他眼神寧定，「或許你會發現人間對魔界有許多誤解。」

明峰搔了搔頭。他和蕙娘都屬於比較有常識的人（？），再怎麼說，在人家地盤作客要低調，這點道理他還懂。主人都好心安排旅遊行程了，他這客人推三阻四，似乎有些不識抬舉。

尤其是統一魔界的至尊都開口了。

「呃……」他按著麒麟的腦袋，「我家師父比較沒有常識，口無遮攔的。」他小心翼翼的低下頭，「請王上原諒她就這副死樣子……」

「你弄亂我的頭髮了！」麒麟勃然大怒的推明峰。

「妳若有點常識，我也不用這麼費心！」明峰對著她吼。

在他們打起來之前，蕙娘勸住了麒麟，李嘉勸走了明峰。魔王卻莫測高深的黯了眼神。

「妳的徒兒……對妳感情很深。」魔王淡淡的，挪動了主教。

「他的眼睛沒瞎，我的眼睛也好好的。」麒麟思考了一會兒，堵住了魔王的攻勢。

「我說鳥王，你何必這樣小心翼翼？你就直接說，你要收養他當養子，將來他就是魔界的九五之尊了，說不定他會高興的跳起來，何必這樣水磨工夫的和他搏感情？」

「不是我要收養他。」魔王似笑非笑的瓦解麒麟的攻勢，「是我父親。他將成為皇儲，若我不幸意外身亡，他的確會成為下任魔王。」

麒麟嘿嘿的笑了起來，伏兵突起。「萬一他成了皇儲，反而對你不利呢？」

「我們觀察了他二十餘年。從他誕生那刻起就開始觀察他了。」魔王審視著麒麟，想知道麒麟知道多少，「妳要知道，我們和天界不同，預言只是參考，並不會奉為絕對的真理。」

麒麟不得不承認，這一點來說，魔界比問題層出不窮的天界要有智慧多了。

「哦？然後放許多妖異、怪獸，從他出生那天起開始考驗他？」她開始覺得有趣了。

魔王冷笑一聲，試著從麒麟的糾纏中打開僵局，「神魔大戰中，魔界是戰敗方。妳認為戰敗方對人間有多少管轄權？妳要問妖異和怪獸的來源，不妨去問勝利者。扭曲預言、試圖殺害預言中的真人，魔界受和約約束，是沒有這種權力的。」

麒麟沉吟了一會兒，「難不成……你們還罩著我的小徒？」

「這也沒有。」魔王爽快的承認，「我們只是觀察他能不能在天界卑劣的手腕中存活下來。當然，他沒有夭折往往是因為過人的運氣。但妳要明白，『運氣』也是王者的必要條件之一。」

「所以，」麒麟逼近魔王的王座，「你用懷柔的手段籠絡他，希望他願意留在這裡，成為皇儲？」

「天界遺毒甚廣。」魔王笑了笑，「凡人懼魔，對魔界多有誤解。或許他該用自己的眼睛證實，魔界與人間沒什麼不同。」

或許不完全是誤解。麒麟聳了聳肩，「如果是圍牆之內，我不會反對你的說法。」

魔王變色了，他的臉孔陰沉下來，眼睛發出紅寶石般，又極度不祥的光。「……妳知道太多了，禁咒師。」

「你要殺人滅口？」麒麟嘿嘿的笑，灌了一大杯冰酒。

深深望了她幾眼，魔王和緩下來，「妳明白自己的立場。昨天我接到東方天界的來函。」

「哦？」麒麟興趣缺缺的。

「妳沒其他地方可去，事實上，我也不會讓妳離開。」

「那是因為我聰明智慧又美麗善良，」麒麟攤了攤手，「大家都會愛上我，真的傷腦筋。」

「……」這個時候，魔王突然覺得這個女人非常令人無言。

這幾天，魔王天天都來跟麒麟下棋，然後李嘉帶著明峰到處參觀。雖然他有種說不出來的感覺，總覺得這一切都指向某種奇特的目的，但他感受不到惡意。

李嘉是個很好的導遊，他溫和，有耐性，學識淵博。這幾天相處下來，明峰對他很有好感，也對能夠將分歧對立的各魔族統一在相同旗幟下的魔王有種敬畏之意。或許相處久了，他常常忘記李嘉是個魔族，兩個人之間有種淡淡的友情漸漸滋生。

魔王對他特別友善，這點讓明峰受寵若驚，而且摸不著頭緒。

魔界的首都非常廣大，而且沒有名字。據說是為了不受邪祟詛咒，所以首都的名字只有歷代魔王知道。但沒有名字並不妨礙這城市的雄偉和壯麗。

當然啦，這個華美的都市居然相當有中國風，讓明峰非常訝異。但李嘉只含糊的說，這城市的中國風是近幾年才改建的，並沒有說明理由。

或許是魔王的個人喜好？明峰沒有繼續問下去。

當月瞑過去，十天都籠罩在陽光下的都城分外俏麗。他隨著李嘉穿越皇宮，也隨著李嘉走過大街小巷。

魔界，和人間的相異真的很小。除了陽光微弱些，曬在身上只有淡淡的溫度外，但那種粲然光亮，倒映著花樹深深的陰影，反而有種豔夏的錯覺。魔族使用色彩，大膽鮮豔，整個城市有種澎湃的生命力，比起人間的都市更亮眼華貴。

雖然前途未卜，但明峰倒是沒什麼不安，相當享受這段悠閒的生活。除了常常想念人間的英俊外，或許因為麒麟和蕙娘都在身邊，他對未來有種莫名的安定感。

他那個不像樣的師父，會知道該怎麼辦的。

「魔界真漂亮。」明峰由衷的稱讚，「但我怎麼沒看過魔界的小朋友？」

李嘉安靜了一下，壓抑的語氣卻掩不住哀傷，「……魔界和天界相同，已經五、六千年不曾有過小孩了。」

他瞪大眼睛。沒有小孩？魔族和神族都不會死？

「當然會。」李嘉笑了起來，「魔族和神族只是長壽，還是會死的。我懂你的意思……生不出孩子，老人又漸漸死去。看起來很糟糕對吧？」

他仰頭想了一會兒，怎麼對這個人類解釋。「當初神魔和約之後，共同創立了一個中立單位：『冥界』。人類死後的魂魄都到冥界等待分發，聖魂歸天，罪魂歸魔，不好不壞的就送他們回人間輪迴。」

「你們要這些魂魄做什麼啊？」明峰忍不住問了。

「人魂可以轉化成神族或魔族。」李嘉苦澀的笑了一下，「就是這些轉生的新族民維繫了魔界和天界的延續。」

明峰呆了一下，突然有種厭惡感。「強迫的嗎？」

「呵，不能用強迫的。」李嘉淡淡的，「你能強迫花開，強迫春不去？強迫只會有很糟糕的結果……」他輕輕的，自言自語的說，「這苦果我們已經嘗遍了。」

明峰還想追問，卻被李嘉巧妙的轉移話題，也就忘了問了。

這天，他們經過了碧波蕩漾的運河區，聽到了陣陣悠揚的琴聲。明峰停下腳步，瞳孔倏然擴大。

他記得這個琴聲。讓他如痴如醉，還因此重感冒躺了兩天的琴聲。他一直想再聽到，卻又不好意思問的琴聲。

「……我們聽過的，對不對？」他拉著李嘉的手，激動的搖晃。

溫和的李嘉不知所措，「聽過？」他仔細聽著風中傳來的悠揚，「你說琴聲？那是羅紗在彈琴。」

「……羅紗？」他身不由己的往前走去，在楊柳遮蔽的小院落前站定。相較於這個城市鮮豔的色彩，這個小小的院落是雪白的、清寂的。原木的小門掩著，白牆黑瓦，樸素得接近嚴肅，安靜得宛如雪落無聲。

垂楊低低的在水面拍著漣漪，只有單純的琴聲，緩緩的融入乾淨的大氣中。

「……我能認識她嗎？」明峰呆呆的問。

李嘉吃驚的看了他一眼，為難起來。是他的失誤了。當初少年真人為了羅紗的琴聲重感冒臥床時，就該請王上讓羅紗遷居。

「這我必須請示過王上。」他無奈的回答，「羅紗是王上寵愛的琴姬。」

「呃，抱歉。」明峰清醒過來，狼狽得很，「我只是、只是想聽聽她彈琴而已，我不是……」越解釋越亂，事實上，他也不懂自己這種著魔似的反應。

「我明白。」李嘉望了望小院，「王上和太上皇也為她的琴聲著迷。她的琴……很可以吸引某些人。」

李嘉向魔王稟明時，這個魔界至尊吃了一驚。

「羅紗？」

「是屬下的錯。」李嘉垂首，「屬下忽視了羅紗的魔力……」

「不，這不是你的錯。」魔王沉吟起來，「讓他見過那麼多豔麗的女官和貴族千金，他卻只注意到羅紗……」

雖是心愛的琴姬，但要立刻賜給少年真人也無所謂。若這樣可以讓他屈服，同意轉生為魔族，他什麼都願意捨。

但羅紗……不是他不願意，而是……

「他還沒見過羅紗吧。」

李嘉恭敬的回答，「沒有王上的諭令，屬下不敢擅作主張。」

魔王想了一會兒。「讓他見羅紗。先告訴羅紗，別躲在簾幕後面，用真面目好好的招待他。」

換李嘉吃了一驚。他知道魔王非常寵愛這個技藝高超的琴姬，沒想到……或許他早該安心，王上並不是惑於優伶的昏君。

「我這就去通知她。」

＊　＊　＊

李嘉的到來，讓深居簡出的羅紗很驚訝。她很明白這位忠心的隨侍，素有內丞相之稱的李嘉大人。這位內丞相忠心耿耿、剛正不阿，從來不以聲名利祿為意，和狡詐的同僚非常不同。

他尤其厭惡宮廷優伶，總是不假辭色。若非羅紗向來沉默寡言，低調行事，說不定李嘉會使什麼手段「清君側」。

她都到這種地步了，難道還礙了內丞相的眼？她微微苦笑，在簾幕後面屈身，「李嘉大人怎來了？妾身有病在身，不能遠迎……」

「不用客套了。」李嘉開口，「王上要妳接待一位特別的客人。」

羅紗沉默下來，一言不發。

「羅紗。」李嘉的口氣嚴厲。

「是，妾身明白了。」她的聲音淡然，沒有情緒。

「王上有令，要妳用『真面目』接待這位客人。」

簾幕後面傳來茶杯破碎的聲音。羅紗的呼吸顯得粗重，好一會兒才平靜下來。「若是大王的希望，羅紗遵命。」

李嘉點了點頭，轉身離開。等他踏出大門，聽到狂風暴雨似的琴聲。凶猛、並且悲哀。

他站了一會兒，輕嘆了一聲，轉身離開。

李嘉通知明峰可以去見羅紗時，他的心跳得很快很快。

提心弔膽的看了一眼正在和魔王對奕的麒麟，他有幾分扭捏。「……李嘉。」

「什麼事呢？」李嘉對明峰向來是有耐性的。

「能不能……能不能不要跟麒麟說，我去見羅紗？」

李嘉張大眼睛，反而不知道怎麼回答。

「哎呀，麒麟那笨蛋一定會嘲笑我，」明峰急了，「但我真的沒什麼意思啊，我只是覺得羅紗的琴彈得很好很好，讓我有種共鳴的感覺……我不是要把妹，也不是想虧她，我只是……」他胡亂比劃了一會兒，「……你不會告訴麒麟吧？」

李嘉忍不住笑了出來，第一次外於職務的，對這個紅著臉的人類少年有好感。剝除他那不知道是受祝福還是被詛咒的天命與天賦，他其實是活生生的、擁有豐沛感情的眾生。

回想起當初發誓效忠魔王的緣故——那位幼小的魔族王子，為了異常者的痛苦而流下了不為人知的眼淚。

因為那滴晶瑩的淚，李嘉發誓效忠他一生。

他語氣柔軟下來，「我不會告訴她的，放心。」

明峰窘迫的笑了笑，急切的跟在李嘉後面出去。因為他太慌張、太專注，所以沒有注意到麒麟頗有興味的凝視。

「第五天，第十一場和局。」麒麟拿著白子，「雜毛魔王，你很閒，天天找我下棋？」

「我很忙。」魔王漫應著，下了一枚黑子，「但再忙，也要跟妳下盤棋。」

「就說別愛上我了。」麒麟搖搖頭，「難道這就是美少女的宿命？」

魔王無言了一會兒，「妳跟天帝也這樣沒大沒小？」

麒麟偏頭想了一會兒，「我唱過《小英的故事》幫他祝壽，他還滿開心的。」王母倒是很生氣，不過又不是那婆娘過生日。

「……妳能平安活到現在，也算不簡單了。」

「那是因為我聰明智慧又美麗善良。」麒麟伸了伸懶腰，「得了，你不用天天來監視我，我也不會跟去明峰後面搗蛋。更不用擔心，我會說什麼魔界的壞話……」

她懶懶的笑，像是隻優雅的貓，「我倒希望他自己去看、去思考。他腦袋太笨了，老黏著我有什麼出息？」

「我現在承認妳很聰明、識時務。」魔王露出一個淡得幾乎看不見的微笑。

「那我心得報告可不可以免了？」麒麟馬上打蛇隨棍上，滿臉堆著甜蜜的笑。

魔王也笑了，真心的。「當然……不行。」

麒麟的臉馬上垮下來，「雜毛鳥魔王。你真的是、真的是該死的惡魔！」

「老受妳的稱讚，真是不好意思。」

＊　＊　＊

懷著忐忑的心，明峰隨著李嘉跨入了小院。

風梳楊柳，嫩綠在空中揮灑著春天的線條。如此安靜，連他渴求的琴聲都悄然。他覺得喉嚨乾渴，又有點害羞。這是從來沒有過的心情。

走過彎彎曲曲的長廊，他脫了鞋，穿著薄紗的侍女引領他們走向內室。重重疊疊的紗像是迷霧般，隱隱約約的，有個女子坐在重紗之後。

她就是羅紗，那位彈琴幾乎可以上達天聽的女子吧？

「撤簾。」李嘉吩咐著，「羅紗，這位是少年真人明峰先生。」

重重疊疊的紗簾被撤走，現出一個非常嬌小的女孩。

魔族通常會有角、蹄，或者是奇特的花紋、毛皮。但這位嬌弱的女孩卻跟普通人類沒什麼兩樣。只是她很瘦、很小，穿著重重疊疊的衣服，明峰會想起日本古代仕女穿的十二重唐衣。她也如日本仕女般留著非常濃密、長可委地的長髮，那光亮如綢緞的長髮，遮蔽了她整個右半邊的臉，只看得清楚小巧的下巴和一小塊晶瑩的臉頰。

像是個洋娃娃般，坐在琴座之前。

「貴客。」她的聲音宛如烏鴉低啞，「我是羅紗。歡迎你來。」

明峰緊張的鞠了九十度的大躬，「妳好！我、我是宋明峰！我……我……我很喜歡妳的琴聲。」

羅紗望著他，露出一絲絲的苦笑。李嘉對侍女示意，她們捧著梳妝盒過來，將羅紗的長髮梳上去，露出整張臉。

明峰的羞澀和緊張瞬間消失了。他張大眼睛，看著羅紗的臉。

那是一張破碎、扭曲，令人慘不忍睹的臉孔。整個右半張臉像是被大火燒融一般，完全沒有五官可言。那麼明顯而殘忍的一分為二，右半邊的臉沒有鼻子、眼睛，只有鼻洞和眼睛的窟窿提醒觀看的人，這個可憐的女孩也曾經有過明亮的眼睛和挺秀的鼻子。

現在只有扭曲翻紅的疤痕，一直蜿蜒直下，從頸項延伸到看不見的衣服裡面。

相較於另一半光滑秀美的臉孔，這樣的醜惡更怵目驚心。

她的苦笑深了一些，垂下眼簾。「……看起來，我嚇壞貴客了。」

明峰獃了好一會兒，「……還會痛嗎？」他不忍的上前幾步，硬生生的停下來，

「……還很痛嗎？」

羅紗的笑蕭索下來，「……偶爾。」她淡淡的，迴避著明峰的眼光，「請坐。我這

裡粗陋，也只能以琴奉客了。」

她垂下眼簾，輕輕的在古琴上面錚錚兩聲。明峰像是著了魔似的坐下來，靜靜的聽她彈琴。

這和他之前聽到的都不同……更激昂、悲哀，充滿了痛苦和怨懟。狂暴的向天地傾訴，像是隨著她魔樣琴音，殘酷的走過這坎坷的一生。

直到她彈斷了一根弦，斷裂的弦在她的手上抽出一道長長的血痕。明峰想也沒想就上前握住她的手，這個倔強的女郎硬奪了回去。

她的手真冷。明峰大吃一驚。她的手完全沒有溫度，乾枯得像是骷髏一般。只有薄薄的皮包著手骨。

深深的、深深的難過起來。「……我不是，我不是存心無禮。」他訥訥的說，「妳流血了。」

羅紗將臉轉過去，李嘉冷冷的提醒她，「羅紗。」

含著淚，她眨了眨眼睛，漠然的轉過頭，伸出手。明峰握著她乾枯的手，很窘的只掏出一片有著藍色小花的OK繃。

這是英俊幫他準備的。而他心愛的小鳥兒，獨自留在人間，不知道過得好不好。

「這是我的式神，一隻很可愛的姑獲鳥幫我準備的。」明峰的聲音有些哽咽，或許是琴音的感染力太深，也或許，他對羅紗的臉有著太深的憐憫，「她一個人在人間，不知道過得如何……」

幫羅紗貼上那片ＯＫ繃，明峰的頰上也蜿蜒著淚。羅紗默默的注視著他，良久。然後輕輕的將手放在他的頭上。「你一直很不安，對吧？」羅紗的聲音平靜下來，「你把一些陰影關在內心深處。我的琴音讓你似乎觸碰到那些被遺忘的陰影，對吧？」

明峰抬頭望著她半如天仙半如惡鬼的臉孔。

「人人都喚我羅紗，事實上，我的真名叫做荼蘼。」她只有半張臉會笑，所以表情扭曲，「我歡迎你來，不因為王上的命令而已。反正……也只到春盡為止。」

李嘉驚覺不對，試著阻止她，「羅紗！王上並沒有給妳權力……」

羅紗完全不理他。或許到了這種地步，她也不在乎什麼。這少年有種情感讓她懷念，比起毀容後必須現身於人的屈辱還深刻。她明白魔王想要什麼，但這孩子，不適合當個魔族。

「荼蘼花事盡。春天一過，我就會死了。」

明峰握著她的手，突然覺得氣溫降得好低，心也覺得好冷好冷。

三、寂寞開最晚

月瞑來臨。清冷的月光遍照，這個奢華的城市點滿了燈，像是打翻了珠寶盒。

明峰望著天上的三個月亮，低頭把飯菜盛入三層便當盒裡，對著疾筆振書的麒麟嚷著，「飯菜我煮好囉！……妳別抱著酒寫心得報告如何？很難看欸！好端端一個女孩子家……妳到底有沒有身為女人的矜持？真正的女人就該像……」

「像羅紗？」麒麟放了一記冷箭，馬上命中紅心。明峰的臉孔漲得跟豬肝一樣。

「我、我，我可沒有戀愛喔！我對羅紗是尊敬，我去找羅紗只是因為、因為……對！我只是找羅紗教我彈琴！」

……你這不是此地無銀三百兩？「我也會彈啊，古今中外，什麼琴我不會彈？你找得到蘆笙，我也能教你。」

明峰被堵住，一時語塞。「……羅紗教得比較好！」

「但我看你彈得跟殺豬沒兩樣……是你沒才能，還是她不會教？」

「當然不是她不會教！」明峰大怒，「我才剛學，當然彈不好啦！彈琴首重氣質，氣質，妳懂嗎?!妳全身上下榨得出一絲半點叫做『氣質』的東西嗎?!」

「呃……」麒麟很認真的想了一會兒，「你若用蒸餾的，說不定可以蒸出那麼一點點……」

「對，用蒸餾的……」明峰氣得發抖，「妳當妳在釀酒嗎？」

照例又跳又罵了一會兒，驚覺飯菜要冷了，他才提著便當盒飛奔而去。麒麟撐著臉孔，灌了一大口皇家特調咖啡酒，很滿意的大大哈了一口氣。

「……主子，真的沒問題嗎？」蕙娘憂心忡忡，「聽說羅紗是個……」

「蕩婦？」麒麟懶懶的趴在桌子上翻著從冥界駭客來的資料，「是啊，她還是人類的時候，好像有那麼一回事。哇，這個厲害，她一刀結果了丈夫欸，手法乾淨俐落，直逼專業水準。」

「主子！」蕙娘叫了起來，「妳知道她是怎樣的人，妳還由著小明峰……」

「哎呀，妳真相信冥界那些鬼話啊？」麒麟大大打了個呵欠，「對啦，十府冥王、西方死亡司、狗頭神那一狗票真的清廉無比，方正得很。但他們手底下那票欺上瞞下的哩？收點好處就天花亂墜了啦。就算是，」麒麟站了起來，走向餐桌，「那又怎麼樣？她也下過地獄贖過罪，現在轉生成魔族了。過去種種跟她什麼關係？」

麒麟心滿意足的據案大嚼，「我啊，最討厭什麼前世債今生還的狗屁輪迴。有種就當世討，關一無所知的來世有個屁關係？天界無能，處理文書緩慢如牛步，才搞出這種狗屁輪迴。我還照著天界的爛邏輯思考，我就不是麒麟了。」

蕙娘靜了靜，嘆了口氣。論胸襟，她這個身為眾生的殭尸，還遠不如本為人類的麒麟。

「……但是聽說，那位琴姬壽命不長了。」蕙娘垂下眼簾。她真心疼愛明峰，實在不希望他傷心。

「妳不了解啦，什麼事情都要嘗試看看。」麒麟滿口食物，含含糊糊的說，「明峰有個聰明的身體，卻有個笨得像是灌了水泥的腦袋。說不定談個戀愛能夠敲開他腦袋裡的水泥。妳要知道，『戀愛』呢，那是男女之間最神祕也是威力最強大的咒……」

……妳這個從來沒有談過戀愛的女人，說這個會不會很缺乏立場？

「主子，」蕙娘長嘆一聲，頹下肩膀，「妳用《陰陽師》唬弄我三部了，打算第四部也繼續用《陰陽師》唬弄我？」

這個嘛……「哎，妳不懂啦。妳不懂的通通都是咒啦！蕙娘，我想吃驢打滾。」

「……小心妳的傷口。來魔界妳已經暴飲暴食弄裂兩次了。」

＊　＊　＊

他知道羅紗生前是什麼樣的人，也知道她死後轉生為魔族，是個怎麼樣的人。

李嘉會有意無意的告訴他，羅紗甚至會主動提起。

他知道羅紗生前叫做荼蘼，是個妖媚的青樓歌伎。她被富商贖身，錦衣玉食，卻不改煙視媚行，惹出許多風波，在某次口角被毆，她憤而持刀刺向丈夫的心窩。殺死丈夫之後，她讓暴怒的家人捆綁，活活的淹死在江底。

死後因為不貞、淫穢、殺人等等罪名，在煉獄裡受苦。但這個膽大妄為的女人，卻在魔王尋訪地獄的時候，攔路大聲喊冤。

向來冷漠無情的魔王，卻在傾聽她的哭訴之後，帶她回魔界，將之轉化為魔族，收為宮廷優伶，並且備受太上皇和魔王的寵愛。

她轉生為魔族之後，性情大變，豔麗的臉孔冷漠得宛如面具，韜光養晦的寂靜度日。

雖然不情願，但李嘉還是承認，「我本來以為她只是惺惺作態，早晚會露出險惡的真面目。哪知道她……數百年皆無劣跡。甚至在刺客謀殺王上時……」他的臉孔抽搐了一下，「羅紗居然上前擋了那一記毒刀……」

那是毒龍的血和唾液、死者的詛咒、絕望的猛烈，和異常者的病菌融煉而成的毒。震驚的魔王下令全魔界最好的醫師和法師全力搶救，卻無法阻止不斷的腐蝕。

最後雖然控制住了，但是羅紗的臉孔已毀，壽命也到了盡頭。

「論看人，我遠遠比不上王上。」李嘉是有些氣餒的。「所以我很難評斷羅紗。但我並不覺得她能與少年真人匹配。其實魔界名媛淑女眾多，你若喜歡這類型的，我……」

「我不要。」明峰低低的說，「我只想要羅紗。」

他也不明白自己喜歡羅紗哪一點。其實看慣了她的鬼臉，對於完好的那一半也不覺得有什麼差別。羅紗的話不多，只有在教他琴藝的時候，會指點幾句。其他的時候，她會溫和的坐在一旁，聽著明峰笨拙的琴音。

或者，在飄著雨的月暝，她才會出神的望著窗外，話也比較多一點。

「……你不問我，我生前是不是蕩婦？」在某個飄雨的月暝，她輕輕的笑著，月光照亮了她的鬼臉。

「那是妳生前的事情，妳不想提，我就不問。」明峰溫柔的回答，拿了件大氅披在她身上。劇毒損毀了她所有的健康，使得她極度畏冷。但她又不耐火氣，只能穿著重重疊疊的華服保暖。

「我喜歡男人對我好。」羅紗僅存的眼睛露出溫和的光芒，「其實只要有人對我好，願意讓我吃飽，抱抱我，他們想要對我怎麼樣都沒關係。」

陷身在遙遠的過去，羅紗沉默下來。許久了……已經很久不再去回想曾為女人的過去。她幾乎遺忘那一段，在她徹底向魔王傾訴之後，她就幾乎將過去拋諸腦後。

「……我從來沒有想要殺他。」她低低的，出神的說，「就算他打我、抓我的頭髮，我也沒有想要殺他。我知道他也很痛苦，他要我不要用那種眼神看其他男人……但我什麼都沒有做啊。我跟以前一樣的笑，這不是他最喜歡的笑容嗎……但他怎麼可以想要弄壞我的臉？」

羅紗恐懼的摸著自己被毀滅的右臉，「他想弄壞我的臉，這樣誰都會討厭我了。連他都會討厭我……如果沒人愛我，我還活著嗎……」

「羅紗！」明峰搖著她，試著將她喚醒。

她渙散的眼神好一會兒才漸漸恢復正常，又覺得有幾分羞愧。她一直是個倔強的女人。殺夫之後，被家人毒打，她沒落淚；死後到了地獄，受了什麼苦刑，她沒喊過冤。反正沒有人想聽她說話。她只是玩具，玩具是不會說人話的。

這世界歧視侮辱她，早在她還活著的時候，就知道地獄長什麼樣子。

但她卻在魔王降臨的時候，落了淚。若是這個黝黑的王者，或許願意聽她說話。她並不是想免罪，她只是想……想要有個人認真的聽她說說淤積在心裡化膿的苦楚。

為什麼……在她生命的盡頭，她又願意跟這人類孩子說這些呢？

勉強笑了笑，她習慣性的掩住自己右臉，「……我今晚有點失態，抱歉。」

「羅紗……妳很好啊。」明峰笨拙的不知道怎麼回答，拉下她掩著臉的手，真誠的望著，「羅紗，妳真的很好啊。」

她忍了很久很久，左眼落下一串淚，「我的臉……我不要讓人看到我的臉。」

「妳還是妳啊，羅紗。」明峰垂下眼簾，「妳還是彈琴彈得非常棒，非常美麗的羅紗。」

她倔強的挺直坐著，不知道過了多少時候，撲倒在明峰懷裡，痛哭失聲。

魔王在他華貴冰冷的王座坐著，臉孔籠罩在陰影中。

他剛料理完繁雜的國事，知道明天還會有更大一堆需要處理，不過，那是明天的事情。

「所以，他天天去探訪羅紗？」

「是。」李嘉有些不放心，雖然在魔王身邊已經數千年，但他其實不太了解這個沉默的主子。或許這樣是不應該的，他忖度著，太喜歡一個身分未定的凡人，真的不應該。

就一個魔族的眼光看來，明峰並不是一個理想的皇儲。姑且不論他絕佳的「真人」身分，他個性太溫和，缺乏果決而殘酷的明快。

但和他相處越久，又越喜歡他那種大度的包容和有些慌張的熱情。他並不希望明峰受到什麼傷害。

「少年真人和羅紗向來以禮相待。」李嘉小心翼翼的添了這句。

這卻讓魔王彎起了嘴角。「李嘉，你真心喜歡這小夥子吧？」

他忠誠的侍衛狼狽起來，訥訥的不知所措。

「你若不喜歡他，我反而覺得煩惱。畢竟，我能信賴的人是那麼少。」魔王呼出一口長氣，「魔界的統一只是表面而已，私底下想取而代之的貴族多如牛毛。若不趕緊定下皇儲，只是讓這些土匪的狼子野心更有理由發作。」

他站起來，三對漆黑的羽翼極展。「王座不能落在無能之輩的手裡，更不能讓魔界再次分裂。我也不是為了一個女人就和皇儲反目的莽夫，更何況，羅紗從來不是我的女人。」

但……但是，羅紗還健康的時候，幾乎都是她在陪寢。因為她的存在，所以惡魔貴族們和皇室結親的念頭屢屢被打滅，到現在，魔王尚無皇后。甚至傳說魔王打算迎娶身分低賤的羅紗。

當然，李嘉知道魔王真正的情人不在魔界。難道……

「我不是假惺惺的聖人。」魔王淡淡的，「但羅紗轉生為魔族後，失去了一些什麼。你也知道轉生往往會損失若干特質。」

這就是罪魂的缺陷。往往罪魂洗罪後轉生為魔族，會有嚴重的損失。最好的情形是小部分獸化，有了對無傷大雅的角，多出一隻眼睛或獠牙什麼的。最糟糕的是，轉化失敗，成了「異常者」，不得不將他們關在圍牆之外，或者乾脆的殺掉。

羅紗算是不太糟的那種，她損失了一些情感的特質——她的情欲徹底蒸發了。

這對魔王來說當然很方便，有個毫無所求的女人當了面堅固的擋箭牌，她又是這樣的忠心。因為她這樣堅強的忠心和無欲，所以魔王相當憐愛她，像是憐愛一隻小貓一般。

於私，他喜歡羅紗，感激她的犧牲，所以才答應羅紗的要求，讓她去運河區的離宮悠閒度日……或說等死。於公，他必須顧及整個魔界的存續，非徹底利用無辜的羅紗不可。

因為他和父親中意的皇儲，愛上了羅紗。

踱了幾步，他深深吸了一口冰冷的空氣。這廣大的宮殿，總是寒冷無比。「我去看看麒麟。」

*　*　*

沉迷於小說中的麒麟，茫然的抬起頭。她的眼神沒有焦距，小嘴微微張著，有種迷惘的純真和溫柔。連見慣美女的魔王都不得不承認，禁咒師很美，而她的美帶著蓬勃的生命力。

如果不開口的話，更美。

很不幸的是，她老是太早開口。

「雜毛魔王，我心得報告不是交了？」看到女官在布棋盤，她跳起來，「我心得報告交了！一個字也沒少，一個字也不多！不長不短兩萬字啊！而且十三冊我都徹底看

完，你也口試過了，現在你又擺棋做什麼?!好女孩子是不跟人賭博的！」

……誰是好女孩子？「好女孩子似乎也不喝酒。」魔王交疊著手，坐在棋盤對面。

「你懂什麼？酒是清淨之物……」麒麟搖晃著食指，「可以驅邪去魔的！」

妳在我面前講去魔……會不會很沒禮貌？「妳快把我的酒窖清空了。」

「你又不只那個酒窖。」麒麟趕緊把喝了半空的葡萄酒咕嚕嚕的灌個精光。

托著腮，魔王不怒反笑。以前覺得禁咒師是個麻煩，若順利立儲後不知道怎麼安置這個麻煩製造機。現在又覺得她留著解悶也不錯。

而且，同樣在皇宮中，她的屋子特別的溫暖。

「我沒要跟妳賭什麼，只是我有空了，找妳下盤棋。」魔王淡淡的，「不歡迎？」

「不是那麼的……」麒麟含糊其詞。

「『惡作劇之吻』的原作者多田……」魔王笑笑的望著她，「我剛從冥界將她請過來，她準備畫《淘氣小親親》的結局了。」

「那當然是非常歡迎！隨時隨地歡迎您，尊貴的魔王！」麒麟馬上熱情無比的跳上桌，「我需要故意輸給您嗎？如果輸給你能不能第一時間看到？」

魔王露出最魅惑最迷人的笑，「當然……不能。」

麒麟的臉馬上垮了下來。悶悶不樂的拿起白子。

魔王雖然諸國棋藝皆精，但是特別喜歡圍棋。他下棋的風格很豪邁，大起大闔，是個天生的王者，和麒麟那種死纏爛打、小巧求生的路線不同，但是這樣對奕起來，特別有樂趣。

「……妳不喜歡棄子。」纏鬥之餘，魔王淡淡的說。

「我不拋棄跟隨我的人。」麒麟一面吃著水煮花生，一面擲了一子在棋盤上。

「必要的犧牲往往可以顧全大局。」魔王高深莫測的說了這句。

「我又不為王為寇，需要大局作什麼？」麒麟打了個呵欠。

他像是被觸動了心弦，莫名的感傷。今天他若不是魔王……或許，尚在人間的愛人不會老是遇到危險，必須靠管理者周全保護。多久沒看到她了？她是否忘了我？

勉強收斂心神，「總要有人為王為寇。」

「你怎麼不把她收來當魔族呢？」麒麟的語氣很平常，像是在討論天氣，「這樣你也不用感傷，運氣好就有名正言順的皇儲了。」

磅的一聲，棋盤四分五裂，化為粉末。麒麟拽住衝出來的蕙娘，拍了拍頭上的灰，若無其事的坐下來。

魔王的形體都模糊了，像是一團怒燃的純黑火焰。

麒麟凝視了他一會兒，「你怕她轉生出現問題，我也怕我的徒兒轉生出了問題。但我尊重明峰的意見，你尊重你女朋友意見沒有？是好是壞，人生是他們的，又不是你或我的。」

「妳知道太多不該知道的事情。」魔王的聲音不高，卻動搖了宮室，引起地鳴。

麒麟聳了聳肩，「因為我剛好認識那隻半海妖，五個月前還在幻影咖啡廳見過她。」

魔王的憤怒停止了。取而代之的，是一種滾燙的蕭索。「……她好嗎？」

「不計較心靈的傷害，她很好。」麒麟嘆了口氣，「我去的時候，她正在哀求狐影教她怎麼去魔界，因為舒祈不幫她。」

魔王霍然站起來，「太晚了，我該走了。」

麒麟沒有留他，只是隨便的揮了揮手。「記得把《淘氣小親親》的結局送來啊。」

意外的，魔王沒跟她抬槓，只是狼狽的轉身離去。

他不該有弱點的。回到自己華貴而冰冷的王座，魔王忖度著。他不該有這樣的弱點讓人抓到。身為一個殘酷無情的王者，他應該親手清除這個弱點。

但他辦不到。

能夠怎麼樣呢？他煩躁的踱來踱去。封天絕地了，天魔兩界和人間的接壤裂痕越來越大。他身為魔界至尊，力量過於絕對，以前還可以壓抑力量降臨人間，現在卻連幻影都會引發劇烈的崩塌。

他能怎麼樣呢？反正再過幾年、幾十年，人間的愛人就會忘了他，嫁給其他同樣短命的人類，或者長壽一些些的妖族或半妖，匆匆忙忙的懷孕生子、匆匆忙忙的衰老病死。

但這樣的想法令他更難忍受。其實他真正想要的，是將他的女人帶來魔界，轉生為魔族。這樣他們永遠都會在一起。

……真的嗎？

他的父親退位時跟他說過，他們這族墮落天使，無所畏懼，卻終將敗在多情之上。

依舊壯年的父親，竟日待在歌殿，陪伴著一隻化魔失敗的山鬼。哪怕那隻山鬼腫脹恐怖得像隻水母，他的父親卻為了這個妖族愛人，終生軟禁自己，失去所有雄心壯志。

若是這種事情發生在他心愛的愛人身上呢？他能夠繼續坐在這王座之上，若無其事？

「……我辦不到。」他疲倦的將臉埋在掌心，「我辦不到。」

整個魔界都在他肩上，而這個魔界，是整個世界的三分之一，他還有責任。

深深的吸了口氣，他喚，「李嘉。將少年真人帶來，我有話對他說。」

＊　＊　＊

被魔王傳喚，明峰很忐忑不安。但是麒麟只是聳聳肩，不表示任何意見。

「他叫你去，你去不就好了？」麒麟滿臉不在乎，「魔族吃人只是傳說，還怕他吃了你？」

真的吃人的是妖族。再說，那也不叫「吃」，正名應該是「採補」。不過他的笨徒兒不用知道那麼多，反正他讓妖怪追逐這麼多年了，腦袋不知道，身體也該知道了。

明峰幽怨的看看不可靠的酒鬼師父，默默的跟著李嘉去了。

魔王的神情在高高的王座之上，比在麒麟的客廳看到時更高深莫測，更嚴厲得令人敬畏。他笨拙的學著李嘉單膝跪下，魔王只是凌空一托，他就跪不下去了。

「少年真人，你在我魔界也有段時間了，你覺得魔界與人間相較如何？」

怎麼突然問他感想？明峰有點摸不著頭緒，「……這是很美麗的都市。」

「比人間美嗎？」魔王浮出一絲絲的笑容。

「我見過的都市不夠多。」明峰謹慎的回答，「但不管什麼地方，首都都是我見過最美的都市。」

「呵。」魔王輕笑一下，「因為這個城市有羅紗？」

明峰馬上狼狽的紅起臉。「呃，這個……」

「如果可以的話，我也想把羅紗給你。」

這讓明峰莫名的惱怒起來，「羅紗是人，不是東西，不能當禮物高興給誰就給誰！」

李嘉倒抽了一口氣，滿眼哀求的看著魔王，希望這位嚴厲的君主不要懲罰這個過度耿直的少年。

魔王卻只是沉吟了一會兒，「我倒很高興你這樣善待羅紗。可惜她命不長了。」

明峰自悔失言，聽到魔王這樣講，內心又狠狠地戳了一下，低了頭。

「少年真人，你在魔界這麼長久，也知道魔族苦於無法自然生產。」魔王輕嘆，「而皇室，需要一個皇儲。」

啊？為什麼話題轉到這邊來？明峰有點糊塗，這跟他講幹嘛？還有，這跟羅紗有什麼關係？

「我希望你能轉生為魔族，成為皇儲。」他淡淡的說，卻不啻是記焦雷砸在明峰的腦袋上。

「我？你說我嗎?!」明峰跳起來，「為什麼是我？我是個再普通也不過的人類！我想您一定是弄錯了……」

「我的理由，禁咒師很明白。我相信你很難接受……」魔王輕笑，「但你若接受的話，或許……羅紗不用死。」

明峰安靜了下來，愕然的看著魔王。那瞬間，他的腦門亂轟轟的，不知道自己想了些什麼。

四、零落花片損春痕

明峰鐵青著臉衝進來，一把奪走了麒麟的酒，「……麒麟，妳到底瞞著我什麼？」

麒麟卻沒有訝異的樣子，只是掏了掏耳朵，懶洋洋的，「需要這麼大聲麼？我又還沒聾。」

「甄麒麟！」他吼了起來，「為什麼魔王要我轉生成魔族，當什麼皇儲？為什麼魔王說妳都知道……妳到底知道什麼不告訴我？妳怎麼可以……」

「因為我知道的不是那麼肯定。」麒麟攤了攤手，「不肯定的事情告訴你做什麼？」

看著明峰燃著怒火的眼睛，她搔了搔頭，「哎啊……這樣呼嚨不過去嗎？……」

「甄麒麟。」明峰的聲音冷靜了下來，但他的眼神卻呈現反比的憤怒。「這不是開玩笑的時候。」

麒麟嘆了口氣，「……你還記得我們去都城管理者那邊，尋訪一個可能成為魔王的嬰孩？」

明峰疑惑的看著麒麟，「……記得。」

搔了搔頭，麒麟往下說，「事實上呢，預言雖然被扭曲，但大體上是正確的，時間也沒有錯。不正確的是人類標記時間的方式。所謂的『西元元年』，指的是耶穌誕生那一年。但是人類標記的『元年』卻有二十多年的落差。」她垂下眼簾，「真正的『恐怖魔王』，早在二十多年前就誕生了。」

「妳又在唬我。」明峰的聲音卻開始發抖。

「可以的話，我也想唬你。」麒麟聳肩，「畢竟我對卜算很不擅長。所以才把你帶去舒祈那邊。」

很不幸的，舒祈一見到他，就肯定了麒麟的猜測。麒麟也很遺憾，她真是太聰明智慧了，連小徒不幸的命運都猜了個十成十。

「……我是恐怖魔王？我會毀滅世界？」

「不是這樣。」麒麟趁他發呆，悄悄把酒拿走。「這預言被扭曲過了。天界別的不會，要這套唬爛人類倒是滿厲害的……正確的預言大致上是談論一個『繼世者』。」

據說有本「未來之書」，在虛無的時空長流中隱隱約約。能夠閱讀未來之書的眾生非常的稀少，在這本神祕的書籍之前，眾生平等，連神族知道的都不會比人類多。

而且未來之書有自己的意志，他願意給你觀看的部分，你不能逃避；但他不願意給你看的部分，你也無從得知。

原本人類當中某些資賦優異的靈媒或預言者也能閱讀未來之書，但人類畏神幾乎寫進了血緣中，在神族潛移默化的脅迫和誘哄中，預言漸漸的被扭曲，醜化，成了世界毀滅的預言。

事實上，未來之書談論著一位「繼世者」，一位可以為神亦可為魔的「真正人類」，這個純血的人類將彌補所有的裂痕，讓斷絕的神族與魔族血脈延續下去。

諸天界的帝王明白，統一魔界的魔王也明白。他們費盡苦心尋找這位「繼世者」，雖然理由各不相同。

天界一直都是分裂的狀態，雖然說，各天界各行其是，維持相當久的表面和平，也無意打破目前的狀態。除了東方天界外，其他天界都有穩固的王位傳承，並不希望這個

「繼世者」來破壞勢力平衡。東方天界自願接下這個燙手山芋，自然樂觀其成。

東方天界的皇儲天孫雖然是個瘋子，但他的母親卻不是。天帝努力尋找「繼世者」，但王母卻想盡辦法要除去這個人間的「禍害」。

另一方面，和分裂的天界不同，魔界已經統一在墮落天使的旗幟之下，他們比衰老顢頇的天界積極，卻苦於戰敗和約的限制，不能像神族一樣光明正大的搜尋。但魔族的情報網非常發達，所以才會在東方天界的劊子手之前，搶先一步將「繼世者」和麒麟迎到魔界來。

「……妳一定是在騙我。」明峰的聲音很虛弱。

「可以的話，我也想一直騙你。」麒麟橫躺在沙發上，嘆了一口氣。

他將自己的臉埋在膝蓋上，久久不能動彈。

「……我若不救她，她就會死。」良久，明峰緩緩的開口。

低頭喝酒的麒麟停了下來，用稀有的溫和看著她掙扎不已的小徒，「你下了決定？你作好了成為魔族的心理準備？這個決定是無法逆轉的，到最後你必須和人間的一切切斷關係。」

明峰心底深深一寒。也就是說，他將孤獨的留在魔界，在這陌生的環境裡，當一個他並不想當的魔族皇儲。他對魔族沒有認同感，但在遙遠的某一天，必須扛起整個魔界，因為這是他的責任。

並且，他會和父親、堂兄弟姊妹通通失去聯繫，在時光的長流中漸漸失去他們。甚至，他會失去麒麟和蕙娘，再也見不到他心愛的小鳥兒。

這跟死亡似乎沒有什麼兩樣。

這巨大的犧牲讓他幾乎畏縮了，但想到羅紗……無辜的羅紗。不管他再不情願，他沒辦法，實在沒有辦法看著羅紗在他眼前死去。

這是他第一次心弦猛烈的撥動，第一次愛上某個人。

「師父……我該怎麼辦？妳不贊成我，對嗎？」他祈求的望著麒麟。

麒麟將半盞殘酒遞給他，「徒兒，這是你的人生，並不是我的。作為你的師父，我只能在你做了決定後，盡量的支持你，即使你做了錯誤的決定而懊悔時，最少你知道，我會在身後。我是你的師父，沒錯。但我也是你的朋友，只是就道術而言，比你領悟得早。我能做的就是這些，但我不能夠幫你決定任何事情。」

明峰愣了一會兒，喝下那盞殘酒。真苦……又冰冷又苦澀的滋味。像是積壓在他心底的眼淚。

「但是，」麒麟謹慎的斟字酌句，「你可想過羅紗的決定？你是否如我尊重你般，尊重了羅紗的最後抉擇？如我不能干涉你的人生，羅紗的未來，也只有她自己獨行。」

她睇了明峰一眼，「若魔王要我犧牲自己的未來，好換取你的生命，你覺得如何？」

「不要！」明峰幾乎憤怒起來，「妳怎麼可以做這種事情？我就算不想死，也不想妳……」

「那麼，你覺得羅紗會高興嗎？若你真是羅紗重要的人。」

我們，在這世界都是孤獨的個體。或許並肩同行，但也只是一小段相同目的的旅程。終究要轉彎走向不同的歧路，沒有誰可以永久陪伴。但在短暫的交會時，綻放出溫暖的光輝，照亮了彼此永恆的孤寂。

你要學會別離的沉重，才能夠了解重逢時的欣喜若狂，和永別時巨大的哀傷。

這，就是人生。

「……我、我得想想。」明峰喝完了酒，愣愣的望著杯緣的水珠，「我需要好好的想一想。」

＊　＊　＊

這天，他沒有等待李嘉的陪伴，逕自來到羅紗的小院。侍女開門時非常驚訝，但因為他身分是那樣特殊，默默的打開了門，讓他進來。

他為什麼這樣頹唐？髮上沾滿了露珠和殘花，似乎在門外守候了許久許久。

正在吃藥的羅紗微微吃了一驚，她有些憐憫的看著這個人類少年，輕輕拂去他濡溼髮上的殘花和露珠。

「一大清早的，怎麼就來了呢？」清晨的寒氣沁骨，她忍不住咳了幾聲，「吃了飯麼？我讓侍女去準備……我不怎麼吃煙火食，她們也沒備下什麼餐點……」

「羅紗。」明峰抓住她宛如髑髏的手，慎重的下了決定。或許為了麒麟、蕙娘，甚至是英俊，他都會下相同的決定。但為她，只有為她的時候……他的心裡才會湧起一陣夾雜了苦痛的甜蜜狂喜。

「或許妳不用死。」他低低的說，「我、我喜歡妳……但我沒有要求妳回應。我只是希望妳活著，並不要妳付出什麼……請妳不要拒絕。荼蘼不一定活不過春天，只要有溫室，荼蘼可以活過任何季節。」

他說得雜亂，但羅紗一下子就懂了。她愣愣的看著明峰的臉孔，良久才輕咳了一聲，完好的左眼流下蜿蜒的淚，露出溫和卻扭曲的笑。

「先吃點東西好嗎？」羅紗溫柔的勸他進食，「等你用過早餐，我們再來討論這個。」

明峰不想違逆她，食不知味的吃著。羅紗出神的望著室內縹緲幽暗的陽光，曲不成調的拂著琴。

「……王上將整個首都改成中國風時，我就覺得訝異。」羅紗平靜下來，「甚至將擁有東方血統的魔族遷來首都……當中也包含了我。現在我終於明白為什麼了。或許在聽到李大人用『少年真人』稱呼你時，我就該猜到。只是多年宮廷生活，我早就學得麻

木，不去聽不去想也不去看……」

「孩子，你就是傳說中，將會繼位為魔王的『真正人類』吧？」

「我並不是孩子。」明峰有些被激怒，「我不喜歡妳老這樣叫我！」

發完脾氣他就懊悔了，尤其是羅紗垂下眼瞼喃喃的道歉時，他更懊悔了。

「……我才該道歉。對不起，我只是……」明峰深深吸了幾口氣，「妳若一直把我當成孩子，我連愛妳的資格都沒有。」

羅紗的表情柔和下來，連糾結的鬼臉都為之放鬆。她凝視著這個人類少年，心裡緩緩的升起一股遺憾。

太晚了，真的，你來得太晚。

撥著弦，羅紗用沙啞的像烏鴉一樣的聲音唱著：

「君生我未生，我生君已老。

君恨我生遲，我恨君生早。

君生我未生，我生君已老。

恨不生同時，日日與君好。
我生君未生，君生我已老。
我離君天涯，君隔我海角。
我生君未生，君生我已老。
化蝶去尋花，夜夜棲芳草。」

你我早已是天涯海角。君生我已老，相遇時，我已垂死。

她琴聲漸歇，明峰吞聲，卻不斷的流淚。她覺得自己的眼睛也濡溼了。

溫柔的遞了方手帕給明峰，屏退侍女。「我知道魔王會用什麼方法救我。如果我直接拒絕你，你大概沒辦法接受吧……」

她凝思想了一會兒，輕笑一聲。「我教你這麼久的琴，卻還沒有跟你合奏過。」

明峰瞠目看了她一會兒，不知道她為什麼會突然跳到這個話題。

「或許，現在就是時候了。」

羅紗取出一把比較短的琴，樣式古樸，末端還有淡淡的焦痕。她教明峰一個單調的曲子，只有幾個拍子，錚錚然，規律而工整的韻律，明峰有些疑惑，因為這樣的聲音他似乎聽過……

是了。麒麟帶他去古都祭天的時候，女鬼軍團的弓箭手，曾經彈出類似的聲音，彈著弓弦，嗡嗡然的驅邪。

「專心。仔細聽著自己的旋律。」羅紗溫柔沙啞的聲音輕響，「你的拍子就是我的錨、我的歸依，讓自己的心靜下來，仔細聽著自己的旋律。」

在錚然的單調中，令人昏昏欲睡……

鏗然一聲，石破天驚的一聲大響，卻沒將明峰驚醒過來。他像是漂浮在自己身體之上，在眠與非眠中飄移著。

他聽到此生最驚心動魄的樂曲，似乎可以撕開三界的堅固結界，讓所有眾生感動流淚。被深深的震動，他閉上眼睛。羅紗……

「我在這裡。」半透明的羅紗輕笑，伸手握住快要被絕妙樂音沖走的明峰，「來，我用樂音開出一條通道，我們還有一曲的時間。」

他瞠目，不知道發生什麼事情。但他們的確像是潛伏在薄霧中的影子，在平滑的雲層之上飛行。

「……這？發生什麼事情了？」明峰大驚，「我們……？」

「我帶你飛越圍牆。」羅紗彎了彎嘴角。「你要親眼看看圍牆之外。」

雲破天清，他們從極高的高空俯瞰著整個魔界大陸。和被撕裂的人間不同，魔界主要的大陸還是完整的一塊，遼闊如海洋的長川大河切割著，他們飛得這樣高，卻還看不完名為「寂靜」這塊大陸的全貌。

但已經可以看到廣大的首都地區，被圈在一個高聳的圍牆之內，和蓊鬱的首都相較，圍牆之外是片金黃色的荒蕪，然後被許多深刻的壕溝割裂，像是烏黑翻紅的傷痕。被遼闊得幾乎沒有邊界的沙漠一襯，首都地區像是個小小的綠洲，矗立在風沙遍布的荒涼中。

羅紗拉著明峰降落，僅有意識的她，輕得像是一根羽毛，連觸感都若有似無。

他們脫離了軀殼，僅用意識飛越了魔王的圍牆。

「這裡才是真正的魔界。」羅紗憂鬱的笑一笑，「這些人……才是魔界的原生魔族。」

明峰望著垃圾堆似的村落中，蠕動而出的奇異魔物。呻吟著、啜泣著，發出飢餓的吼叫，互相吞噬，然後苦悶的打滾，又開始生產出更為畸形、可怖的幼嬰。

他們隱約還有人形……有些有著妖豔的臉孔。但他們像是一大群精神病患般喃喃著破碎的言語，吃和被吃，毫無意識的生產，死亡。

「這些是重症病患。」羅紗淡淡的，「但因為病得太重，反而沒有威脅性。所以魔王將他們安置在靠近首都最近的地方，每隔一段時間就有醫生來巡邏，給予基本的治療和食物。」

「還有一些，病得比較輕的，反而因為這種病擁有了不自然的強壯和瘋狂的智慧……」她指著遙遠的地平線，「那些異常者被放逐在大河之南，但我不能帶你去。因為他們什麼都貪，哪怕只是兩道清醒的意識，都可能被吞噬得乾乾淨淨。」

羅紗憂鬱的笑，「如果你要說整個魔界是個龐大的精神病院，我也不會反對。」

她趁著樂曲的終結，將明峰猛然拉回。他發出一聲極低的輕呼，感到極度的反胃。

「王上讓我不死的真相就是這個。」羅紗安靜的望著明峰，「他和醫療團研究『異常者』已經有了很初步的結果了。我若得了這種瘋病，就算肉體死了，精神破碎，我依舊可以存在，說不定經過重度藥物控制，我還可以在鐐銬之下彈琴。」

在遙遠的遠古，人類與神族依舊平起平坐的年代，這個年輕的、初萌的世界，並沒有所謂的「魔族」。

在那個渾沌而天真的世界裡，人類與神族的分野非常模糊，時有婚嫁。但人類可以適應天界的環境，神族卻不能。人間擁有一種神祕的氣，排拒著人類以外的眾生。

和和平而天真的發展音樂、文明的人類不同，神族很早就陷入戰火中，而有了最初的眾多王國，相異的外形和能力更加劇了戰火的延伸，最後一分為二，成為兩大勢力的交戰。這場遙遠到被封印記憶的戰爭接近尾聲，戰敗者面對勝利者趕盡殺絕的殘酷感到極度憂慮，就在這個時候，偶然發現了人間往妖界的通道。

當時的妖族還是野性的、動物化的，即使是神族的戰敗者殘軍，也輕易的打敗了原住民的妖族。在接近滅種的殘忍戰爭中，妖族被迫棄離自己的家鄉，紛紛逃往人間，為了避免敵人捲土重來，尾隨而至的勝利者強行關閉了妖界通往人間的道路，神族稱呼這些戰敗者為「魔」，意思就是「神的敵人」，原本陌生的妖族故鄉，被稱為「魔界」。

由此，這些戰敗者沉寂了數萬年。神族也學習了人類的文明，並且因為天賦強大，居於上風。流竄在人間的妖族失去返鄉的道路，也試著在這片新世界生存下去。但是人間神祕的主宰，很難解的接受了這群妖族流亡者，卻依舊將神族排拒在人間之外。

雖然神族還是找到可以在人間暫留的方法，並且漸漸的開始統治人間的眾生。但也因為神族沒有節制的使用力量，引起失衡，各界之間，開始有微弱的裂縫產生。

眾生幾乎遺忘了戰敗者。事實上，困在魔界的神族戰敗者，也幾乎滅亡殆盡。就像人間排斥神族，這個廣大的新世界，也嚴重的排斥著神族的戰敗者。

許多變異和疾病蔓延，幾乎毀滅了逃亡的神族殘軍。當中以「荼毒」最為嚴重。患了「荼毒」的神族，不但外觀獸化，而且精神與人格產生了劇烈的扭曲。

這些極度反社會的病患，用他們瘋狂的智慧和不自然的病態強壯，鯨吞蠶食的攻擊著疲憊不堪的殘軍。殘軍的領導者使用了大量而過度的法力來對抗毀滅的命運，但這樣的濫用法力卻只讓這個世界的力量衰竭的更快，扭曲更劇烈，甚至連健康沒有患病的殘軍都開始部分獸化，已經和他們原本交戰的神族同胞越來越不相同了。

就在幾乎滅亡的危急時刻，神族傲慢使用太多法力改造人間的惡果發作了。各界產生劇烈的裂痕，原本封閉的人間通道開啟。半是本能的渴望、半是殘軍的引誘和驅趕，患病的異常者幾乎都通過開啟的通道衝往明亮的人間。僅存的殘軍趕緊封閉通道，他們很明白，或許天界才能讓他們合適的生存，但勝利者不會饒過他們。

唯一存活的希望，是將這個新世界的疫情控制下來，改造成他們能夠居留的所在地。這樣，他們才有喘息的機會，重整軍容，回返他們天界的故鄉。

至於流放出去的異常者，他們無力也無能去管。人間總能自然的消滅神族，或許也會相同的消滅掉這群數目龐大的異常者。

這些異常者的魔族，成為人間耳熟能詳的「惡魔」、「邪神」。

當然，這群異常者引起人間非常大的災禍。人類無助的祈求和哭訴也讓身為統治者的神族非常心煩。但是異常者那種瘋狂尋找歸鄉途徑的行為才是讓神族真正畏懼的。

他們用了最簡單的方法消弭災禍——在人間引發了大洪水。這招的確非常有效，大部分的異常者都畏水，這場洪水幾乎消滅了所有的異常者。但人類也幾乎被消滅殆盡了，連同他們優雅的文明、純真而善良的初民社會制度，完全隨著滔然的巨浪消失無蹤。

「……這只是故事，對吧？」明峰整個脊背都是冷汗。

羅紗沒有答話，事實上，她極為疲累。她的生命之火已經快要熄滅了，卻還彈《廣陵散》這樣燃燒生命的樂曲。我又縮短所剩不多的生命了……或許等不到春末。

不過，很值得。

「……前任王上……現在的太上皇和他的『愛妻』很喜歡聽我彈琴。」她短促的笑了笑，魔界太多悲劇，和人間沒什麼不同，「這些是太上皇喝醉了、痛哭失聲時告訴我的故事。」

其實她不想知道。對這些巨大的悲劇……她無能為力。畢竟她只是個卑微的琴姬。

或許，這些故事是為了，少年真人來到她面前時，她可以告訴他。或許一切都在冥冥之中有所註定。

溫和的望著明峰年輕的臉孔，她的內心湧起一絲絲些微的疼痛和溫暖。如果相逢在對的時刻，或許我會不顧一切、不管身分，追求這個溫柔而燦亮的人。

但一切都太遲了。

「我不想，活得像是一具屍體。」她輕輕按著明峰的手，「真的，我累了。存在這麼長久，請讓我抱著最後一絲尊嚴長眠。」

對，她天天都在祈禱，可以恢復原來的容貌。她希望真正愛她的人可以出現，她並不想死。

但這些渴望，都比不上一個卑微琴姬，頑強而僅存的尊嚴。

「我不要成為異常者。」她的聲音很輕很輕，「求求你。」

明峰激動的反握她的手，痛苦得連淚都流不出來。

臨別時，疲倦的羅紗將琴譜交給明峰。她累得唇都褪成淡淡的玫瑰白，微微笑著，「請把這個給禁咒師。我聽說她是鼓琴的高手，可惜我沒機會聆聽。」

明峰望了她好久，才算聽明白她說了什麼。「……羅紗。」

「明天還是歡迎你來看我。」她溫柔的拂拂明峰額上汗溼的頭髮，「等明天我不那麼累的時候。」

凝視著明峰有些蹣跚的背影，她覺得一陣陣虛弱，蹲了下來。侍女見狀趕緊將她扶進屋裡，徒勞的藥香試圖延續她即將消失的生命。

她很想闔眼睡一下，但心頭發鬧，她按著激烈而淺薄的心跳，試著讓自己平靜下來。不知道在撐什麼……她熬著劇痛、虛弱、自卑，這樣一天熬過一天。

她也不懂，為什麼沒有尋死。或許她隱隱的在等，等待著。說不定一切都是註定的，她在等待少年真人，等著把故事和琴譜給他。

在這天地間，眾生宛如傀儡，任由命運撥弄。而我，被撥弄得最深。

泛出一絲絲嘲弄而悲慼的苦笑。她一直都是個，多情的人。生前死後都沒兩樣。總是那麼容易愛上某個人，然後絕望的等待之後又被拋棄。

或許冥界的判官沒錯，她在本質上是淫蕩的。或許多情本身就是一種沒有情欲的淫蕩。

她愛過為她贖身的丈夫，也愛過許多付出稀薄溫情的恩客。轉生為魔族，她的情欲完全消失了，但讓她終身悲苦的多情卻沒有消失。

或許，她也愛著魔王。雖然知道魔王愛的不是她，所以她抱著一種溫柔的惆悵。

生前死後，這麼漫長的光陰，她一直在等一個真正愛她的人、真的屬於她的人，只是永遠沒辦法如願。

每個她愛上的人，心裡都有所愛。而這個孩子上前來敲門，說，他愛上了羅紗。

若是多給她一些時間，說不定她也會奮不顧身。但，太遲了。而且，誰又知道愛是什麼模樣？或許那個少年只是混合了憐憫和同情，誤會成愛情。

她可以說服自己，卻沒辦法說明臉頰為何總是蜿蜒著淚。

魔王悄悄來臨時，正好看到羅紗臉頰上的淚痕。她愣然了一會兒，這個倔強的琴姬匆匆擦去淚水，試著要下床行禮。

魔王將她按住，在床沿坐下。「……少年真人沒人陪伴就來找妳？他可說了什麼？」

但他們都明白，魔王想問的是：妳對他說了什麼？

羅紗攏了攏頭髮，神情平靜下來，「王上，並沒有說什麼。我彈了琴給他聽，說了個古老的故事。」

魔王瞅著她，像是要看穿她的心思。羅紗不會背叛他，魔王忖度著。這個用生命護衛他的女人，向來讓他歉疚。

「我猜，他跟妳說過皇儲的提議吧？」魔王淡淡的，「羅紗，於公於私，我都不希望妳死。」

羅紗也笑了，「王上，我們討論過這件事。」確認她必死無疑的時候，魔王就提議過了。

「但和那時不同。現在的藥更安全更沒有副作用，我一定盡力讓妳保住神智，不讓妳成為異常者。而且，妳也可以恢復過去的容顏……難道妳不考慮一下？」

過去的容顏……這話讓羅紗的心扎了一下。是，她是個淺薄的女人。受傷後她若有懊悔哭泣，只為臉孔被毀而哭，不曾因為死亡將臨。

但現在……都沒關係了。

「這是命令嗎？」她淡淡的問。

魔王蹙起眉。羅紗一直都是倔強的。她若溫順只是她願意，不然她會用自己的方法反抗。她無意幫助我，除非我用命令的方式。

隱隱懷著怒意，魔王冰冷下來，「我命令妳，羅紗。」

她頹下肩膀，臉孔還是笑笑的，伸出了手。

魔王遞給她一個小巧的水晶，比血還要紅豔，反映著璀璨而危險的光芒。「……我不希望妳在不甘願的情形之下吞下它。」他低聲，「任何反感的情緒都可能讓藥變質。畢竟這藥非常的不穩定。」

「所以，給我幾天說服自己？」羅紗微微笑，「先給我一點心理準備。」

遲疑了片刻，魔王點點頭。羅紗在他心目中有不同的位置。並不僅僅是個普通琴姬，這個倔強又沉默的女人，在許多輾轉難眠的夜裡，彈著一曲又一曲的琴讓他平靜。哪怕是彈到指端出血，琴上撒滿豔紅血花，哪怕是為他擋下致命的那一刀。她沒有要求，也沒有皺過眉。直到現在，他卻連安詳的辭世都不能給羅紗。

抱著遺憾離去，羅紗只是靜靜的坐在床沿，一動也不動。

攤開手掌，那只血色水晶像是掌心凝聚的一點血珠，燦爛奪目。她凝聚僅存的魔力，將它鑲嵌成一只豔紅的水晶耳環，剛好可以戴在耳上。

「還有五天。」她輕輕說著，「還有五天。」

再過五天，春就盡了。窗外的荼蘼淒然的綻放，芳香的像是春天最後的氣息。

五、凋零之後

魔界爆發了一場規模不大不小的軍事衝突。

跟圍著高聳圍牆的首都相同，各個大大小小的城市都用繪滿咒文的圍牆保護著。先設法清理重病的大地，安埋清靜符文陣，跟嚴重排斥他們的世界搶到新的城市中心，然後漸漸的量出新的範圍，建起新的圍牆。

與安逸的天界不同，魔族的一生都在奮戰，為了生存下去奮戰不已。除了與惡劣的環境，還要跟內心的權力欲、戰爭欲爭奪不已。

永遠有不滿統治者的貴族，永遠有想要挑起戰爭的將軍。所以這場軍事衝突一點都不意外，但是這些愚蠢貴族居然去和異常者勾結，打開了河南北關卡的柵欄，這點比較意外。

湧出的異常者幾乎毀滅了幾個邊陲小鎮。靠著守軍的英勇，硬是關閉了柵欄，但這批數目不小的異常者盤據了小鎮，正在頑抗。

這讓魔王非常心煩。當然，他可以派別的將軍去鎮壓。但是異常者的狡獪和邪惡，往往不是長於安逸的貴族將軍可以應付的。而且送來的報告讓他感到有趣和憤怒。這些心智扭曲的異常者，意外的保有生育的能力，甚至可以擁有最美的外貌。和他們最初的天人模樣相彷彿。這些扭曲的異常者，居然有進化的能力。

綻開在瘋狂泥淖的惡之華，卻擁有著天國花瓣的模樣。凝視著報告，他彎起一抹苦笑。

他不放心。只要跟異常者有關，他都不放心。

但為什麼是這個時候？他煩躁的將報告放在一旁。花了這麼久的時間和耐性懷柔，好不容易有了機會。在這個節骨眼上，起了這麼巧的叛變。

他將李嘉留下來，雖然他知道忠實的侍衛並不情願。但他沒辦法……丞相只能代他管理首都，卻不能也不可以插手皇儲的事情。

從華貴而冰冷的王座站起，他鐸鐸的循著陰影，走向麒麟的宮室。

踱入麒麟的客廳，他止住蕙娘，直接的走上前。麒麟光著腳，很舒服的躺在沙發上，一面吃著蠶豆，一面啜飲著他酒窖最好的香檳。她捧著書，一面發出咯咯的笑聲。

真不像樣。但是看到她這樣輕鬆自在，滿不在乎，他就覺得胸口的煩悶輕微了些，像是可以呼吸。

「蕙娘，蠶豆快吃完了。綠豆糕可以吃了嗎？……」一抬眼看到魔王，她馬上拉長了臉，「嘖，你想吃也是沒有的。蕙娘說材料不夠沒做多少……都是我的，知不知道？不要想說你是客人就有什麼優惠……」

魔王笑了起來，披風之下的鎖甲發出輕微的沙沙聲。「我不是來跟妳搶東西吃的。我是來……」他猶豫了片刻，「我是來給妳忠告，安分一點。」

「鳥魔王，我一直很安分。你看過比我更居家的女人？」麒麟打了個呵欠，「大門不出二門不邁，比閨女還閨女呢！哎呀，會想念我就說咩……人正就是這點麻煩，大家都會愛上我。」

啞口無言了片刻，魔王笑著搖搖頭，正轉身要離去，趴在沙發上的麒麟輕笑，「狐影說過，那隻半海妖和我的眉眼有幾分相像。」

魔王猛然回身，正要發作，看到她那雙清澈的眼睛……突然無話可說。是的，有幾分，尤其是眼睛。

「別試圖逃走。」他蕭索的說，「不出三日我就會回來。」

「當然。」麒麟舉起手，慎重的。

等他走了，麒麟想著，當然……不會逃走。她可是甄麒麟，要走當然是大搖大擺的走，誰耐煩鑽狗洞那種麻煩事情。

攤開膝蓋上的書——事實上是一本琴譜。她臉上浮出大大的笑容。真小看了這個琴姬……原本以為以色侍人的女子不會有大本事，哪知道這位慧心獨具的姑娘居然別開蹊徑。

更沒想到她會把琴譜轉交給我。麒麟暗暗忖度。

魔王防她很嚴，不讓她踏出府邸一步。事實證明，她甄麒麟福星高照，不用踏出去也有鑰匙交到她手上。

「我還是先把漫畫看完吧。」麒麟喃喃的抱怨，「真該死，這麼多又這麼重，我又搬不走……蕙娘，幫我看這一疊。然後故事要背下來，記得以後要說給我聽……」

「……」

這天，和往常沒有什麼不同。

他依舊踱上青石板路，往運河區走去。路上行人悠閒，嘩笑著。他不得不承認，魔界比人間更安樂，更像是樂園。

如果不看魔族小小的獸化，他會有種錯覺，覺得他來到的是美麗的天國，而不是傳說中陰森恐怖的魔界。

走過垂楊拂堤的小橋，他敲了敲門，侍女將他迎進去，走過青苔遍布的小徑，就可以看到正在彈琴的羅紗。

一切都跟過去一樣。羅紗拒絕他以後，他也徹底不去想羅紗即將死亡的事情。說不定會有奇蹟，也說不定，羅紗的病只是誤診。她可能比較虛弱，但一點都不像是會死的樣子。

你看，她不是好端端的，對著我微笑嗎？今天如此，明天也會如此。或許一天又一天，永遠，就不會太遠。

「這麼早就來？」羅紗露出她扭曲卻溫柔的微笑，「很熱吧？」

「比起人間的夏天，這種陽光簡直是太宜人了。」明峰笑著，坐在琴桌對面。

羅紗精神最好的時候，就是剛睡醒的清晨。這個時候的她表情輕鬆，聲音也不那麼沙啞。雖然只能維持幾個鐘頭，在中午之前她就會漸漸情倦詞鈍，需要吃藥休息。

但明峰也只需要這幾個鐘頭。然後在羅紗疲倦之前，他會先告辭離去。回到家，魔王為他準備的老師就會等著幫他上課。

他並沒有正式回絕魔王的提議。並不是他想當皇儲……一來是為了羅紗，二來，他需要想清楚，也想看清楚魔界神祕的面目。也或許，他旺盛的求知欲在魔界得到很好的滋養。

這一天，真的和其他日子沒什麼不同。當他在羅紗的指導下，結結巴巴的彈完〈十面埋伏〉，他還是這樣想著。

但有一點點什麼不太一樣。一種異常的感覺，讓他疑惑起來。他說不出為什麼，打落了羅紗的藥盞。

羅紗愕然，表情隨之堅毅，她「鏗」的一聲讓古琴發出巨響，這道威力十足的琴聲，將明峰以外的人都彈出三尺之外。

「你們是誰？膽敢侵入我的領域？」她厲聲。

遞藥給她的侍女，像是蛇蛻般漸漸褪去外皮，露出一張絕豔卻鐵青的臉孔。他們讓穿著黑衣的刺客包圍，這些刺客都有著相似的美麗臉龐和鐵青的膚色。

「侍女呢？」看起來像是首領的冷冷的問。

「都殺了。」他的手下恭敬的回答。

「這兩個也殺了。」首領昂了昂下巴。

刺客們撲了上來，卻讓羅紗的琴聲再次逼退。

「……別逼我。」羅紗溫柔的獨眼漸漸露出殺意，「我在王上身邊服侍三百零五年，手下死亡的知名刺客不計其數。我不欲多造殺孽，快快滾吧。」

刺客們躊躇了一會兒。這位琴姬在群臣百姓中可能沒有什麼名氣，卻是刺客之間的傳奇人物。他們私底下傳說著，「琴姬手上有琴，誰也殺不了她。」

若殺不了琴姬，自然殺不了魔王。

首領卻微微冷笑，「琴姬，妳也只能虛張聲勢。誰不知道妳快死了？」他逼上前來，雖然再次被琴聲彈開，但他手底的飛刀挾著法力，破空劈中了羅紗的琴，這衝擊讓羅紗的琴變成碎片。

碎片劃破了羅紗完好的臉頰，緩緩的流下鮮血。她摸著自己頰上的血，反而寧定下來。

身為魔王寵愛的琴姬，對於刺客來襲早習以為常。只是她垂死之後，退出宮廷，刺客們不再找她麻煩，她也漸漸淡忘了這種危險。

若是只有她一個人，說不定會束手就戮。但是……瞟了一眼一直護在她身前的明峰，突然湧出無窮的勇氣。

沾著血，她飛快的在琴桌寫著咒語。整個屋子像是巨大的音箱，隨著她咒文的吟唱共鳴出轟然的樂聲。

「快逃，親愛的，你快逃。」在震耳欲聾中，她溫柔的聲音細細的傳進明峰的耳中，「趁現在。」

他搖了搖頭，抱起輕得像件衣服的羅紗，撞破了窗戶跳出去。

一跳到長廊，羅紗發出一聲尖叫，從明峰的懷裡飛了出去。

她的手和腳被無形的繩索捆綁，浮在半空中，明峰想要將她搶救下來，卻只讓她更痛苦的呻吟不已。

「這是……魘魔法。」羅紗吃力的說，額上有大滴的汗珠流下，「快走……去找李嘉來救我……」

「我不能。」明峰虛弱的說。

「他們還不會殺我。」羅紗浮出蒼白的微笑，聲音大了起來，「殺了我，他們要去哪兒找魔王的祕藥呢？」

追殺而來的眾刺客愣了一下。眾人皆知，長於醫療的魔王早已研發出長生不老的祕藥，但卻祕而不宣。垂死的羅紗活到現在，說不定就是祕藥之功。

「先殺那個人類！」首領火速下了命令，明峰愣了一下，丟出火符，趁著刺客慌亂之際，衝往門外。

就在門前，他被一個極其高大的魔族擋了下來。

那個魔族幾乎有三個人高，拖著一把非常巨大的斧頭。白皙的臉龐一絲血色也沒有，像是帶著面具的漠然。

「魔界，不需要無能的人類插手。」他的聲音充滿忿恨和嘲弄，「流放純種的吸血魔族，反過頭來屈膝於卑賤的人類？魔族墮落到這種地步嗎?!」

他火紅的眼睛發出火焚般的光芒，這種光芒居然讓明峰動彈不得。

眼見斧頭就要揮下，他的命運就此要化成句點……

電光石火中，被魘住的羅紗火速用自己的長髮割斷了手掌和腳踝，飛快的擋在明峰前面。

當她被腰斬的那一刻，她心裡模糊的想著。

我終生為多情所苦，所累。到頭來，還是因為多情而完結。這樣也可以說是有始有終吧？

她被切成兩段，鮮血飛濺到明峰的臉上。羅紗的犧牲只緩了一緩巨斧的威力，那鋒利的勁道依舊從明峰的左肩劈到右腹，深刻的傷痕可以看得到暗紅的臟器。

巨大而蒼白的傷口居然沒有出血，只是緩緩滾動著血珠，隨著煙霧瀰漫，落下了四十九滴。

他的腦海一片空白，羅紗的慘死讓他的理智停擺了。

「問問自己，你們是誰？」他聽到自己乾裂的唇，吐出惡毒的始咒。

「**我們是熱心黨。我們是熱心黨伊斯卡利奧得猶大！**」狂信者的鬼魅浮現，轟然回

應著。

非常熟悉，非常熟悉。被緊緊鎖在內心的陰影，終於因為狂信者的活躍、因為恐懼的尖叫和乞饒的恐怖，漸漸清晰、記起。

血的味道，將死時喉嚨咕嚕的嚥氣聲。有生以來，他犯下了第一樁殺孽，現在是第二次。

原來他的雙手早已染滿血腥。

他呆呆的看著狂信者撕裂刺客們，在魔族的鮮血中狂喜。其實只要是鮮血和死亡，這些幾乎內化成他陰暗靈魂的式神，都會欣喜若狂。

「……原來我一直是個殺人犯。」他吃驚而迷惘，巨大的罪惡感像是劇毒，不斷的在心底擴展。

他的背一陣溫暖，羅紗將臉貼在他背上。「……你若坐視自己被人殺了，那你就是殺人的從犯。」她輕輕笑著，「我為許多事情懊悔過，但我不曾懊悔過殺死丈夫。」她的聲音越來越輕，「我不會坐視任何人被殺，不管那個人是不是我自己。」

「明峰，你沒有罪。有罪的是……起了殺意的心。保護自己的生命有什麼錯呢……」她的聲音細如遊絲，越來越聽不清楚。

「……羅紗。」明峰臉頰上滑下一串淚痕，「羅紗。」

他不敢轉頭看，他不敢接受羅紗臨終的事實。現在她不是還活著，對他說話嗎？

「嗨，明峰。」踏過屍塊血漬，麒麟憂鬱的走過來。她花了不少時間解決門口那群守門的傢伙。想要留下他們的命，又能夠擺脫他們的糾纏，讓她浪費許多時間。「徒兒，把你的夥計收起來吧。他們開始打我和蕙娘的主意了。」

……他遺忘的記憶就是這個。麒麟走過來，溫柔的對他說話。

「直到默示日為止。」他吐出最後的結咒，狂信者的鬼魅消失了。而他身後的羅紗，也緩緩的滑落，倒在自己的血泊中。

他抱起羅紗，她微微的睜開眼睛，露出扭曲而溫柔的苦笑，「……我不能彈琴了。」

她自己割下了手掌，所以只有冒著血的手腕。明峰的淚不斷的落下來，沖刷著她臉孔上的血污。

麒麟席地坐下，接過蕙娘找出來的琴。

「我一輩子都在做菜，」蕙娘濡溼了眼睛，「所以我不會分辨這把琴好不好……」

「琴姬不會有不好的琴。」麒麟溫和的說，「琴姬，我可以為妳彈琴。妳想聽什麼？」

她的神智漸漸模糊，好一會兒才說，「……〈田園樂〉。」

麒麟錚錚兩聲，調整了琴弦，然後行雲流水般，彈奏了這曲。

在悠揚喜悅的〈田園樂〉中，羅紗張大她的獨眼，想要看清楚明峰的臉龐。

如果，如果說，我們早一點相遇，比方說，父母尚未雙亡，還沒被狠心的族人賣去青樓……如果說，父母親將她許配給明峰，或許一切都會大不相同。

他們應該還在小小的村子裡，勤懇的守著小小的產業，算計著今年莊稼的收成。

或許她還是會有些惆悵。「夫君，荼蘼花開了，春天要過去了呢。」

「啊，是啊，夏天要來了。」她的夫君應該會這麼回答，「瓜苗長得好快呢，今春雨水厚，瓜不知道甜不甜？」

會甜的，夫君，因為那是你種下的。

七夕前後，瓜就熟了。我會把瓜湃在井裡，晚上乘涼的時候，我們坐在井旁乘涼看星星，慶幸我們不是牛郎織女，不用隔著銀河淚眼相望。

或許明年，或許後年，我會為你生下男孩或女孩。男孩就叫瓜兒，女孩就叫秧兒。我們一家會平凡而幸福的住在一起，夜夜聽著禾苗的呼吸入眠。

「你說好嗎？夫君？」陷入彌留而昏沉的羅紗低低的問，「男孩就叫瓜兒，女孩就叫秧兒，你覺得好不好？」

明峰哽咽的幾乎說不出話，勉強忍住，「好，羅紗……荼蘼。荼蘼取的名字，怎樣都好。」

她的眼神整個都潰散了，露出一種如在夢中的模樣。她浮出淺淺的笑，「夫君，瓜湃在井裡，記得去撈起來吃。我想睡一下……但我又怕做惡夢。」

「我、我幫妳把惡夢趕走。」

「我做了很可怕的惡夢。」她畏縮了一下，「很漫長、很可怕……幸好只是夢。」

「荼蘼。」明峰覺得快要窒息了，他不知道悲傷巨大到足以使人停止呼吸。

「我，好喜歡你叫我名字。」她呼出最後一口氣，「夫君，我喜歡你叫我名字。」

她停止了心跳、呼吸。身體漸漸乾枯、化為粉塵。只剩下她生前穿著的十二重唐衣，碎裂的華服悲愴散落。

窒息片刻，明峰發出尖銳的哀號。這聲哀號幾乎劃破天際，讓聽到的人悚然，繼而不由自主的泣涕。

李嘉抱傷趕來，他在王宮附近被行刺，正好看到瀕臨瘋狂的明峰讓麒麟架著要回去。

「別擔心，我們沒逃。」麒麟攤攤手，「但我的小徒需要照顧一下……你不介意我們先走吧？」

李嘉搖搖頭，懊惱得幾乎吐血。他手腕的傷沒有好好處理，鮮血濡溼了草草包紮的繃帶。

「……我該怎麼跟王上交代呢？」向來精明的他茫然了。

「相信我，他在也不會讓情形好一點。」麒麟架著不住狂吼的明峰往外走，「別叫了！我耳朵快聾了！什麼鬼命，我還得照顧你？你不知道當徒弟的伺候師父才對？怎麼變成我服侍你……」

看著明峰掙扎不已，麒麟火都上來了，一記俐落的手刀讓他癱軟下來，在瞠目以對的李嘉面前，非常自然的將明峰扛起來。

麒麟聳聳肩，「鎮靜劑。」不過她下的劑量似乎重了點……明峰昏迷了三天才醒過來。等他清醒蕙娘才鬆口氣。

「主子！」

面對蕙娘責怪的眼神，麒麟飄忽的看著旁邊，「……他皮厚，挺得住的。」

主子，妳也不衡量一下自己的力道多凶猛，差點就殺了自己弟子了。

明峰還是愣愣的。躺了三天，他做了許多許多夢。

「……我餓了。」他開口說話，「真的很餓，蕙娘，有沒有什麼吃的……」

他據案大嚼，認真的程度不下於麒麟。然後他沉默了許多天，望著被他緊緊抓在手裡帶回來的，羅紗的殘服。

蕙娘非常憂心。她談過刻骨銘心的戀愛，在生離的苦痛中熬過多年。她完全明白情傷的蝕骨，而明峰更慘一點，他經歷的是永遠分離的死別。

但默默的觀察他，他卻每天很努力的吃飯，看書，也沒有拒絕魔王安排給他的老師。除了偶爾抱著羅紗的殘服發呆，就只是非常沉默。

邊陲的戰事比想像中艱苦許多，魔王短時間內還沒有歸來的跡象。若是想逃走，不就該利用這個時候嗎？但是麒麟不在乎，明峰又只顧沉默，似乎只有蕙娘一個人在乾著急。

終於有一天，明峰開口了，「麒麟。」

「安怎？」低頭玩著筆記型電腦的麒麟漫應著，依舊是那樣的懶洋洋。

說不定她這樣若無其事的態度總給他安定感。「等魔王回來，我想當面拒絕他。我不要當什麼皇儲，我想回人間去。」

麒麟終於抬起頭，眼中充滿興味。「哦？你下定決心了？這就是你選擇的路嗎？」

他有點不安，動了一下。「麒麟，我是個普通人，過去是，未來也是。而且……」

他喉間有著一絲絲哽咽的苦味，「而且我看過她臨終前的幻夢。」

真實得幾乎可以觸碰。這位美麗琴姬最大的希望和夢想居然平凡得這樣虛幻。「我想，我會很珍惜我的生命，很珍惜……她的夢。我想回到人間，尋找她夢想中的田園，將她安葬……」他望著懷抱裡冰冷的、染血的殘服，「反正我也不是第一個立衣冠塚的。」

「……魔族沒有可憑弔的遺體和可轉生的魂魄。」麒麟支著頤，啜了一小口水果酒。

「有，她有的。」明峰急著說，「她的夢想還在我心裡，她也永遠還在……還在我心裡。我永遠不會忘記，是她救了我，讓我活下去。我也不會忘記，在我幾乎崩潰的時候，她忍死對我說了那些話……讓我可以面對自己的殺人罪行……只要我還記得她，她就在，她永遠都在。」

麒麟端詳著她心愛的徒兒，發現他成熟了一點點。說不定他會走在我前面。麒麟微笑著垂下眼瞼。她的徒兒，會成為更為偉大的禁咒師。

「你若對魔王當面這麼說，你可能會被他關到地老天荒，海枯石爛。」

「沒關係，這我想過了。」

「回到人間也不見得安全……」麒麟沉吟著，「紅十字會本來就是神族的走狗，搞

個不好，一跟紅十字會聯繫，他們會巴不得把你五花大綁獻出去。」

「這也沒辦法，我就是一個人類，一個完完全全的人類。」明峰頑固的回答，「隨便他們想怎麼樣，我不會改變我的決定的。」

「哎呀，這樣我就不能對別人驕傲，我的弟子是大魔王或天帝，我喪失了好大的靠山呀。」麒麟嘆氣，「好吧，我們走吧。」

啊？說走就走？明峰張大眼睛。那妳滯留在這兒這麼久，該不會為了喝酒吃飯看漫畫吧？

「只是眾多原因之一……」麒麟含含糊糊的回答。「但是要走，總也要走得光明正大，不是嗎？其實最主要的原因是，托老的《精靈寶鑽》完稿得太慢了。」

「……妳等著看？」明峰張大嘴巴。

「呃，我也喜歡看，但沒有到入迷的地步。」她眼神飄開來，「真正迷到不行的是舒祈。」

跟管理者又有什麼關係？明峰一整個迷糊了。「……管理者跟《精靈寶鑽》和我們逃走的事情有什麼關係？」

「這說起來很複雜啦。」麒麟埋首繼續玩她的電腦，「等魔王回來，你就知道了。」

明峰瞪著他的師父，突然有強烈不祥的預感。他當初若乖乖留在紅十字會就好了……

六、逃亡

風塵僕僕的魔王滿面風霜，匆匆的走向麒麟的宮室，一面聽著李嘉的報告。

「……所以說，直到最後，羅紗還是沒有吞下祕藥？」他的心隱隱作痛，這個世界上，又少了一個他可以信賴的人。

「王上，她被腰斬。」李嘉垂下了頭。

「腰斬……」魔王神情不變，卻暗暗咬緊了牙。即使是頗有道行的魔族遭此巨傷，就算搶得回一條命，也得百年的修養。羅紗病到這種地步，連尋常小傷都癒合不了，何況腰斬？哪怕是禁忌的祕藥也救不了。

「刺客呢？」他匆匆走著，「可查清來自什麼勢力？祕藥是否到他們手上？」一個也別想活。他的心裡燒著怒火，傷害他的人，一個也不要想能走脫。

他城府深沉，很少斷然發怒。但惹怒了他，他從來不留情。英明和殘酷是他治理魔界這麼多年的手段。

「找不到祕藥的下落，應該是讓殘存的刺客帶走了。」李嘉躊躇了一會兒，「很僥倖找到一個活著的刺客……其他都讓少年真人的狂信者式神殺了。」

身為魔族，他依舊被那片殘酷的飄著屍塊的血海給震懾住。雖然與神族分道揚鑣數萬年，但他們這群保有神智清明的魔族，殘存著神族的優雅和文明。這樣慘無人道的虐殺，只有異常者才辦得到。肉塊、內臟，撕扯得到處都是，像是個屠宰場。

他找到的唯一活口疊在數層屍體（或屍塊）之下，四肢粉碎，身體像是被馬車碾過，肚破腸流。其實已經死了大半個，而且已經瘋了。

魔王不動聲色的聽完李嘉的報告，露出滿意的神情。他原本擔心少年真人過分慈軟，沒想到居然有這種霹靂手段。

是該這麼作。

「問出什麼沒有？」魔王問，麒麟的宮室已在眼前。

「……他只活了兩刻鐘。」李嘉謹慎的回答，「但醫生趁他還活著的時候，徹底檢查了他……我們認為他可能是吸血族。最少也是吸血族的僕從。」

魔王停住腳步，露出極度詫異的神情。「不可能！吸血族已經全體流放到人間去……還是我親手執行的！該死的渣滓……無用的害蟲！他們怎麼可能還留在魔界?!」

李嘉不語，遞上宮廷群醫的報告書。魔王拿過來看，越看越怒。吸血一族原本是魔界貴族，因為近親通婚和濫用魔力預防「荼毒」的結果，使他們潛伏著危險的遺傳病。

他們是少數還存在稀薄生育能力的魔族，但這個危險的種族卻開始暗暗獵捕魔族平民吸食血液和精魄。他們胃口越來越大，越來越貪婪，甚至毀滅了一整個小鎮。當他攻破那個小鎮時，只看到城堡裡廣大的血池裡男男女女飲血作樂，無數死亡或將死的人被刺穿吊在水晶燈下，潺潺的血像是湧泉，源源不絕。

這個小鎮……是他從荒蕪的大地勞苦工作三年之久，才建起圍牆，成為魔族繁衍的領地。他們只用三天就毀了一切。

原本是要將吸血族全體斬首毀滅，但他的父親念在同為皇族的分上，答應該族族長的苦苦哀求，以全族流放到人間任其自生自滅作了結。

這判決讓他非常不服，但當時的他還是皇子而已。他能作的，只是徹底追查所有的吸血族，點滴不漏的押往人間。

「他們敢回來？他們膽敢回來?!」魔王轉為震怒，「並且成為刺客回來?!」

勉強吸了好幾口氣，才將憤怒壓下去。現在不是生氣的時候。他覺得已經陷入一個精緻而廣大的陰謀中。這次邊陲的叛變讓他延宕這麼久……就是因為這批怪誕的異常者與以往不同。

更為精細、狡獪。瘋狂的成分少了，更為足智多謀。像是治療了瘋狂成分中的錯亂，但保留了瘋狂的嗜血和殺意。

他感到心煩，這個時候，特別想見見禁咒師滿不在乎的臉孔。像是什麼事情都會迎刃而解，無須煩惱。

推開了門，看到她還躺在沙發上看著漫畫，抱著酒瓶。突然鬆了口氣。

她居然還在，沒有趁亂逃跑。這真是……太好了。

「鳥魔王，回來啦？」她懶洋洋的打招呼，漂亮的黑髮散在沙發上，「連衣服都捨不得換就來，真的這麼想我？哎呀，誰讓我聰明智慧又美麗善良……堪稱男性殺手。」

魔王盯著她一會兒，忍不住笑了出來。

若少年真人成了皇儲，大約也不會放麒麟走。留著她解悶，實在是個好主意。

「我還以為……妳會趁我不在的時候拔腿就跑。」魔王緊繃的神情和緩下來。

「可以的話，我是想跑啦。」麒麟灌了口酒，「但我漫畫還沒看完。」端茶過來的蕙娘，無力的遮住眼睛。

魔王彎起嘴角，不跟她爭辯這個問題。「少年真人還好嗎？」

「他沒事。」麒麟連頭都沒抬，「最少外表沒事。哎唷，雜毛魔王，你也是過來人，還要問這種問題。」

他眼神闇了下來，「甄麒麟。我警告過妳了。」

麒麟聳了聳肩，「……好吧，我失言。為了賠罪和慶祝凱旋，晚上請你吃飯好嗎？羅紗留了好東西給你，你要不要過來看看？」

魔王皺了眉，狐疑的看著麒麟。他是聽說了羅紗臨終時，麒麟也在身旁。但羅紗會託付什麼東西給這個陌生的禁咒師？

「妳在打什麼主意？」

「陰險的鬼主意。」麒麟滑到沙發上，很不成體統的將腿掛在沙發背，倒看著魔王，「來不來？不來你怎麼知道我在打什麼陰險的鬼主意？來啦，蕙娘的手藝很不錯的。而且我最近拿到一瓶叫做『龍年』的酒欸！超棒的啦！我可是忍很多天了……」

「……那瓶酒好像鎖在我的酒窖寶庫裡。」

麒麟的眼神飄忽開來，用漫畫擋住魔王的視線，「這種細節就不要講究了……」

盯著麒麟看了一會兒。她能變什麼花招？已經切斷她與各界的聯繫，連首都的網路都只能在首都內相連結。任何細節他都沒有放過……雖然他知道管理者絕對中立，會遵守與魔界訂下的規則，不會幫助麒麟逃脫，但凡事都有意外。

他不會讓意外發生。

「謝謝妳的邀請，」他決定來看看麒麟的把戲，「希望妳不會讓我失望。」

「相信我。」麒麟舉起手，「這會是很大的禮物。」

當晚，他沐浴更衣後，先將繁雜的國事拋在一旁——在這麼疲倦、憤怒、憂傷和疑慮的時候，他決定放自己一個晚上的假。從他冰冷的王座，走向麒麟溫暖的宮室。

麒麟一反常態，沒有癱在沙發上當馬鈴薯。她把烏黑細緻的長髮綁成馬尾，穿著細肩帶上衣、牛仔短褲，這還是第一次看她慎重的穿上獵靴。之前她都光著腳丫的。

或許對她來說，這已經是盛裝打扮了。「……我以為妳最少會塗個胭脂，穿個裙子什麼的。我記得讓女官塞滿妳的衣櫥，難道她們沒有？」魔王落座以後，有些挑剔的看著她。

「塞滿了各式各樣可以摔死活人的長裙子。」麒麟坐在餐桌上敲碗，「我知道你看我不太順眼，但送那種殺人於無形的衣服也暗示的太明顯了。我餓了！明峰！你快一點好不好？只是焗烤而已嘛！需要花這麼多時間嗎？」

「五分鐘前妳才突然改變菜單！妳認為我是小叮噹？憑空可以變出熱騰騰的焗烤?!蕙娘煮了滿桌子的菜，妳就是要找麻煩……」

「我要吃焗烤，我要吃焗烤！」麒麟發出驚人的噪音，「我現在就要吃！」

蕙娘無力的頹下肩膀，「……主子，妳先吃點糖醋魚頂一下好不？有客人在，妳聲音小一點兒……」

「我就是想吃呀！」上了餐桌的麒麟完全不可理喻，「我要吃我要吃！」

魔王無言的吃著飯，承認蕙娘的手藝很好。不過這的確是熱鬧的一餐，麒麟一個人包辦了特大號的奶油焗烤海鮮飯，還有大半桌的菜。

看著纖瘦的她，她到底是把飯菜吃去哪了……

她這樣拚命吃，魔王很早就失去胃口。蕙娘滿臉困窘，明峰乾脆遮著眼。

誰也吃不下什麼，只有吃完甜點的麒麟呻吟的下了餐桌。「……今天吃個六分飽就好，等等還有活兒要幹……」

……這樣是六分飽？魔王無奈的看著麒麟。幸好這些年沒有飢荒，他勉強養得起這個大胃王。李嘉就提過庶務官的抱怨，說麒麟一個人吃掉一整營的預算，他還不太相信。

現在他相信了。

「飯也吃了，酒也喝了。」魔王握著酒杯，看著琥珀色的「龍年」在杯子裡蕩漾，「到底羅紗有什麼東西託付給妳？」

少年真人流露出既慘傷又錯愕的神情，殭屍管家也睜大眼睛。麒麟沒有讓他們知情。到底會是什麼……

麒麟飲盡「龍年」，滿足的瞇細了眼睛。她「勤勞」的打開一直放在茶几上的筆記型電腦，又去房間裡抱了兩把琴出來。

「欸，羅紗教你的曲子，你還記得吧？」她將一把琴扔給明峰。

……那個類似弓鳴的單調琴曲？當然記得，那是羅紗教他的。明峰忍住傷悲，點了點頭。

「王上，」麒麟的口氣意外的禮貌，「這是羅紗要我轉贈的禮物。她送了本琴譜給我。」

魔王呆了片刻，幾乎壓抑不住辛酸。那個可憐的、忠實的琴姬。

「我們合奏她生前最後的手澤……〈廣陵散〉。」她錚錚兩聲，調整了琴弦。明峰望著琴，好一會兒才撥弦試音。

他不懂。此時此刻，他這樣的心情，怎麼可能彈什麼琴？麒麟到底搞什麼？

麒麟眨了一隻眼睛，笑得非常美麗，雖然帶著深深的邪氣。

這種笑容讓明峰有點發寒。每次她這樣笑，就是有人要倒楣了。希望這個倒楣鬼不是我……明峰低頭冒著冷汗，仔細想著最近有沒有得罪她。

「仔細聽好你自己的琴聲，不能亂哪。」麒麟露出那種帶邪氣的可愛笑容，「亂了事情就大條了。」

明峰疑惑的看她一會兒，雖然不明白，但他到底不希望麒麟那個詭異的笑容是針對他的。

相信我，這個可怕的女人做出什麼事情都不奇怪，他不希望成為麒麟異想天開的犧牲品。

乖乖的，按著羅紗的教導，明峰彈了那單調的琴曲。麒麟隨即加入，奏起天地為之動容的〈廣陵散〉。

魔王聽著璀璨光亮的曲調，目眩神移。羅紗服侍他三百零五年，奏過無數曲子。當初意外得到〈廣陵散〉殘曲，羅紗花了不少心力編修，卻一直沒有彈給他聽過。

羅紗說，她還沒掌握當中精妙，不能奉主。

妳想告訴我什麼？羅紗？我知道多情的妳何以如此忠誠。但妳不要求，我一直故意漠視妳。因為……我沒辦法給。但妳沒有抱怨，一直溫柔的待在我身邊，一直到付出自己生命。

我欠妳許多。

最少……我該聽聽妳整理出來的琴譜，我該聽聽妳一直想要彈給我聽的〈廣陵散〉。

如此美妙、溫潤，像是魂魄隨著樂音而飛騰、旋轉，像是可以穿越所有限制、邊界，所有阻礙的一切一切……

在悠揚的樂聲中，麒麟擺在桌子上的筆記型電腦突然發出一聲巨響。魔王睜開眼睛……

瞠目和同樣愣然在螢幕內的女孩面面相覷。

「阿華？」女孩輕呼，然後狂叫起來，拚命拍著螢幕，「阿華，阿華！你這該死的負心漢！你把我拋在這兒這麼久！你、你……你是禽獸騙子壞蛋！」

「……曉媚？」魔王張大了嘴，一貫的優雅深沉無影無蹤，「呃，曉媚，妳聽我解釋……」

「我不要聽我不要聽！你這王八蛋！我恨你我恨你！」曉媚放聲大哭，「十年！你十年內一點音訊都沒有！你要分手也當面講啊！你這懦夫、混球！」

「聽我解釋，真的我很忙……」魔王困窘地安撫久別的愛人，「我也很想妳呀……」

「騙子！」曉媚怒指過來，滿臉的鼻涕眼淚，「你以為可以繼續騙我嗎?!我不接受這種隔著電腦的分手！要分手就當面說清楚！」

「……我不能去人間。我相信舒祈跟妳解釋過了，封天絕地，我不能……」

「那就我過去啊！」曉媚拚命敲打螢幕，「我去跟你說清楚，你到底還要不要我？不要我就給我一個痛快！」

「我沒有不要妳嘛，我一直都要妳呀。」魔王頭痛不已，「乖，等我研究出一個結果……」

「你說謊！」曉媚尖叫起來，「你這該死的惡魔！讓我去，讓我去！有什麼話當面說清楚……我十年的青春和想念……你這混帳，還給我還給我！」

隨著越來越激昂的樂聲，曉媚發現她的手穿透了螢幕，幾乎可以摸得到阿華。

「想清楚喔。」一個細細的、慧黠的聲音在她耳邊低語，「穿越過去可是魔界。妳必須和人間斷絕關係，再也見不到妳的家人、朋友……」

去了就不能回來。曉媚瞇細了眼。「我沒有家人。視我為災厄的父母，只是生下我的人。」我一直就只有阿華而已。

十年，十年！他這該死的惡魔，拋撇了我十年！

石破天驚的晃然一聲大響，曉媚突然穿越了螢幕，來到魔界。她一陣陣暈眩想吐，有種連續坐了十次大怒神的感覺。

但這不能打倒她。什麼都不能打倒怒火中燒的女人。

她撲到魔王的身上，抓著他的領口，用最大的聲量吼著，「你還想騙我多久，你這個騙子！該死的傢伙！要分手就現在講！給我個痛快！我、我又不是糾纏不休的女人……你為什麼……不放開我又不來？你、你……」

她跪在魔王身上，放聲大哭。

魔王坐了起來，抱住哭泣不已的曉媚。「……對不起。我從來沒有忘記妳，沒有一天不想妳……」他回眸，發現琴聲猶在，而麒麟一行三人不知去向。

「麒麟?!」他大驚，在他眼底下，麒麟何以逃脫？

「你還說你沒忘記我！」曉媚掐著他的脖子，「你在我面前喊別的女人名字？麒麟是誰？你說啊！你給我說清楚！」

呼吸有點困難的魔王試著安撫她，「呃，這個很複雜，曉媚，妳先放開我……」

「我不要我不要我偏不要！」她滾在魔王身上撒潑，「我就不要！哇～」

魔王真的有點頭疼，卻是甜蜜的頭疼。

該死的麒麟。

唉，羅紗羅紗，這是妳的報復麼？難道這就是妳的遺言？抱著哭泣不已的愛人，向來冷靜的魔王也露出苦笑。

他該派人去把麒麟和少年真人抓回來，順便去找管理者算帳。他得設法讓還是人類的曉媚安頓下來，不讓她受魔界的瘴氣侵害。他該作的事情很多，而且迫切。

但是現在……唉，現在。

這十年對我來說，可能是一生中最漫長的十年。雖然可能需要付出巨大的代價……他現在什麼都不想，什麼都還不願意去想。

他俯身，緊緊的抱住哭到氣促的曉媚，將臉埋在她芳香的髮上。

*　　*　　*

我似乎聽懂了羅紗想說什麼。在魔王與曉媚的重逢中，明峰失神的錯了一拍。

我王，何以如此自苦？相愛乃是奇蹟，十年思念不能磨滅……你又何必咫尺天涯？

一生多情沒有結果，我王，難道你看著我的孤苦，還不能領悟什麼嗎？

這個慧質蘭心的琴姬，細細密密的，在開啟一切通道的琴譜中，用琴聲說了她的心聲。

羅紗，羅紗。大概只有麒麟可以聽得出來，大概也只有麒麟才能接受她的託付吧……

他發著抖，強忍著淚。太專注的結果，讓他沒有發現他飛越於空……然後重重的摔進沙漠中。

嗆咳著從鬆軟的沙中爬出來，身旁的麒麟吐出嘴裡的沙，怒火中燒的瞪著他。

「……你這個笨蛋徒弟！別人久別重逢關你什麼事情？心亂個屁啊！現在我們不知道傳到哪了……我該叫蕙娘幫我和紘才對！」

「……主子，我只會做菜。」蕙娘無奈的答腔，「這是怎麼回事呀？我們怎麼……」

麒麟又跳又罵了一會兒，幸好蕙娘隨身都帶著一小扁瓶的威士忌，不然麒麟可能要罵過一整個月瞑。

若說羅紗是不世出的天才琴姬，那麒麟就是個偉大的禁咒師。羅紗因為天分和對琴藝的專注，藉著魔樣的〈廣陵散〉發揮到極致，可以破除空間的障礙，讓意識飛騰到要去的地方。

羅紗把琴譜轉交給麒麟，麒麟又將琴譜修改得更完美、更強大，不僅僅是意識，連同肉身都可瞬間移動，穿越任何結界。

（她承認，這是明峰屢次肉身觀落陰給她的靈感。）

但這需要相對應的強大靈力，最少要一個軍隊之多的高明咒者，光靠她和明峰走不遠。

魔界是個反逆轉的地方，可謂之只進不出。尤其在首都，魔王的眼底下，更是一點漏洞也沒有。她費盡力氣和舒祈交涉，但是那個死腦筋的管理者說什麼也不讓她借道回人間，頂多讓哭哭啼啼的曉媚到她家「休息」。

所以，麒麟策劃了這場好戲。每個人都有個弱點，魔王也不例外。當久別而憤怒的女朋友揪著他的領口，他也不會注意到麒麟他們已經隨著琴音逃脫。

等他可以追來的時候，根據麒麟完美的計算，他們應該飛到魔界與冥界的交會，可以大大方方的借道冥界，設法回到人間。

很可惜，計畫總是趕不上變化。她這個笨蛋小徒亂了一拍，讓他們不知道傳到哪個荒郊野外。

「我好不容易用《精靈寶鑽》完整版買通舒祈！被閃有這麼嚴重嗎？」麒麟握拳，「腦袋笨就算了，身體也被感染了嗎?!」

被罵得啞口無言的明峰安靜了一會兒，「……那就再合奏一次嘛。」

麒麟瞪了他一眼，「你有抓了羅紗的琴出來嗎？」

看著空空的手，明峰搔搔頭，「呃……那我們再去找琴就好了嘛。」

麒麟一昏，「……你以為什麼琴都彈得出來？那是琴姬彈過的，上面有她的氣才可以使咒！而且……」她火大的比手畫腳，「你看這方圓百里內，連根草也沒有，會有什麼琴嗎?!」

「……」縱目看著平緩的、一望無際的廣大沙漠，明峰只能乾笑兩聲。

看起來，事情果然大條了……

七、大漠孤煙直

好不容易，蕙娘出盡百寶哄住了又跳又罵、氣得幾乎飛天的麒麟，允諾了完全不可能的豪華大餐，麒麟才算平了氣，抱著小扁瓶喝著酒解悶。

「……蕙娘，妳答應她的菜單根本就……」明峰發愁起來，「等她吃不到，恐怕……」

明峰完全不敢想底下的情節，他寧可面對失控的蝶龍魔斯拉。

「開玩笑，不過是烤肉大餐，我會辦不到？」她脫了外褂，只穿著貼身的雪白內裳，溫柔的笑容蘊含著無比的自信，「我可是八百年道行的殭尸廚娘，這點小事難得倒我？」

她昂首望著天上的三個月亮，感受著乾冷的夜風。「小明峰，去找些石頭來。大小不拘，找得到多少算多少囉……」緩緩的飄飛於空，她露出淺青色的面容和小小的獠牙，指甲變成墨夜般的黑。

在這原屬妖族的大地上，她如魚得水般，化為殭尸的原形，破空而去。

……和蕙娘相處太久，他都快忘記蕙娘是個非常有本領的大殭尸了。

默默的在沙地上尋找著石頭，卻在他跌下來的沙坑裡頭，找到一個小小的、眼熟的布包。

他發愣了一會兒，悄悄的打開來……眼眶不禁發熱。是了，這是他放在房間裡的布包，包著羅紗留下來的殘服。

雖然非常感傷，但他疑惑起來，為什麼在這裡？他明明好好的收在房間，為什麼……

一陣森冷的殺氣，讓他倏然回頭，發現麒麟神情恐怖的站在他身後。「你……你記得帶定情物，居然不把琴帶過來？你有那時間反應，怎麼不知道要帶有用點的東西?!多帶一瓶酒也是好的啊！你帶這個是能吃嗎?!……」

「麒麟，妳冷靜一點……」明峰深深膽寒，「我真的不知道為什麼……」

「不必多說，」她美麗的臉孔鐵青，「你不知道飢餓的怨念會有多重嗎？」

……飢餓？我們剛剛吃過晚餐，妳還包辦了晚餐的大部分欸！「我、我反對暴力……哇～」

明峰被連人帶布包打到一丈之外，「我要代替月亮懲罰你！你這音痴！」麒麟怒吼著。

栽進沙坑裡的明峰滿頭冒金星，他趴在冰冷的沙地上，覺得很哀怨。只要跟食物有關係，麒麟的理智就會蕩然無存。

「……蕙娘，妳快回來，我好害怕啊～」他忍不住熱淚盈眶。

等蕙娘拖著小山般大小的蜥蜴（？）半雲半霧飛回來時，看到怒氣沖天的麒麟和鼻青臉腫的明峰，有種不祥的感覺。

該不會主子餓瘋了，試圖吃掉明峰吧？

她火速降落，明峰連滾帶爬的撲上來，躲在她身後發抖，她開始感到事態嚴重。

這幾年，麒麟嬌養在大都市裡，食物隨手可得，一時淪落到荒漠，萬一真的斷了糧……

說不定明峰真的會下鍋。

為了免除明峰的厄運，她使出最精湛的廚藝。眾人皆知，殭尸可以引起乾旱，但修行到一個程度的殭尸，可以逆轉這種過程。

所以，蕙娘用指甲像是刨豆腐般，將塊大石頭剜出一個臉盆大、光滑的凹槽，龍吟般漫唱，將大氣中的水氣匯聚，如涓流般從石頭凹槽滿溢出甜美而珍貴的水。

抓一把月光，幻化成銀亮的柳葉菜刀，宛如舞蹈般，將眼前這隻長著六隻角、兩個頭顱，皮膚還充滿疙瘩的醜惡大蜥蜴剝皮、支解，變成一小座肉山。過程中不見一滴血，因為血液也讓蕙娘收了起來，準備凝聚起來煮豬血湯（？）。

她的動作是那麼優雅、充滿韻律感。就算是天界的舞孃也會自慚。原本殘酷的殺戮，在她手上化為專注與藝術。她一面處理著食材，一面製造著食器——大大小小的石頭有的成了石碗，有的成了石盆，更有的成了石鼎。

她將比較小的石頭在火堆上燒紅了——燃料就是蜥蜴榨出來的油脂，扔進裝著水的石鼎中，一時之間，肉香四溢。蕙娘早年和仍然健康的麒麟東奔西跑，常常野宿。這讓她養成隨身帶著調味料的習慣。也因此，這鍋下水湯有薑末調味，新鮮的食材和高超的技藝，讓如此簡單的一鍋湯成了人間美味。

攤在燒紅的大石頭上，結實的烤肉發出滋滋的輕響，蕙娘在這片遼闊荒漠找到的岩鹽更增添了香氣。她在這樣艱困、一無所有的環境裡，如她所承諾的變出非常豪華的岩燒料理，不但讓麒麟吃得眉開眼笑，火氣全無，也讓明峰佩服得五體投地。

抹了抹額間的汗，蕙娘恢復成人身。看起來，明峰大約不用下鍋了。她不諱言，麒麟這麼多弟子來來去去，她特別疼愛這個傻呼呼的小夥子。

她一生無子、無兄弟姊妹，漂泊無根，只認定了麒麟。但這孩子……這溫柔的傻孩子卻勾起她的母性，讓她特別照顧疼惜。

揉了揉痠疼的胳臂，她耐著性子將吃剩的肉裡外抹了層鹽巴，施咒定在半空中。

不知道他們會迷失在荒漠多久……不過她不擔心。

只要有她在，她絕對會餵飽麒麟。

當然，還有明峰。

吃飽喝足，麒麟和明峰進入夢鄉，蕙娘守著營火。

她不太需要睡眠……或者說，她和人類的睡眠有相當的差異性。她的「睡眠」比較接近人類的休息，大腦放空，陷入冥想狀態。但不會閉上眼睛，意識也還保留一絲清醒，警戒著。

離開首都，來到這片荒漠，蕙娘意外的感到愉悅、舒適。雖然風這樣乾冷，大漠這樣荒蕪。但她在首都有種輕微的窒息感，像是一種氣味、一種氛圍，讓她喘不過氣來。

因為她生前是人類，即使妖化為殭尸，她和人類相處的時間遠大於妖族。妖族對她來說，是異類、是敵意的化身，所以她也不知道妖族的學者考究人類與妖族起源時，有派說法認為妖族和人類有相同的祖先，因為某種緣故在進化的路上分道揚鑣，而古妖界與人間是姊妹世界，可以共通。

（這裡的古妖界指的是現在的魔界。）

其實這派的說法很接近事實。所以蕙娘在這原本屬於妖族的大地有股如魚得水的自在感，不管變得多麼荒蕪。

她在這片共鳴的荒漠中，五感變得特別清晰、明亮。所以當小小的足音在遙遠的地平線響起，她反而閉上眼睛裝睡。

她在百里外才捕獲那隻蜥蜴。她的感知範圍遠比在人間時遠，她能確認百里內沒有其他生物。那，來者何人？是遠從百里外的追兵？還是瞞過她的耳目，在百里內埋伏的刺客？

足音漸漸清晰。她微微睜開眼睛，卻有點發愣。

是三隻小狗。

不不，這樣說似乎很失禮……應該說是三隻小狼。他們飄飛著柔軟鵝黃的毛，眼睛帶著深深的稚氣。偷偷摸摸的潛伏到他們的營地，觀察他們，卻不知道也被觀察著。

好一會兒，小狼們確認營地的人都熟睡著，他們跳著，發出不小的聲音，試圖把吊在半空中的肉叼下來。

蕙娘張大眼睛，隱隱覺得不妙。給他們吃一兩塊當然沒啥……但麒麟最討厭小偷，尤其是偷吃食物的小偷（在麒麟的眼中，這些都是屬於她的）。若為他們小命著想，最好是把他們嚇跑……

她才一動，麒麟就按住她，嘴角彎著興奮的微笑，坦白說，很可愛，但也滿恐怖的。

……更糟了。讓魔王一關好幾個月，麒麟當然不可能拿女官或侍衛練拳頭。缺乏沙包的麒麟埋首狂喝猛吃才能壓抑這種衝動。

「他們還是小孩。」蕙娘焦急的、輕輕的說。

「我下手一定會輕一點。」麒麟舉手發誓。

蕙娘額頭沁出幾滴汗，麒麟什麼誓言都會堅守，但這種誓言……她的「輕一點」，會不會只剩半口氣？

正要跟她爭辯「不該毆打小動物」的當口，那幾隻怎麼撲都撲不到的小狼，人立站起來，漸漸的化為幾個髒兮兮的小孩。

「還有幾分妖力欸。」麒麟的表情超開心。

……我才不相信妳會下手輕一點。

所以，當麒麟衝過去抓住剛偷到肉的小孩時，蕙娘也馬上衝過去勸阻，「主子，妳嚇到他們了！」

這三隻過度驚嚇的小狼妖尖叫起來，試圖和麒麟對抗。但麒麟像是戲耍老鼠的貓，分別將他們三個打了一頓屁股。

被囂鬧吵醒的明峰揉著眼睛，看到麒麟正在毆打小孩。

「……妳瘋了嗎?!」他一個箭步衝上去，把麒麟手上的小孩搶救下來，「妳去哪兒擄來三個小朋友?蕙娘煮了大半隻的蜥蜴妳還不飽啊?!把腦筋動到小朋友身上……妳是睡迷糊還是餓糊塗了?……靠，你怎麼咬我?!」

他搶救下來的小孩惡狠狠的在他手臂上撕下一塊肉，讓他上臂一片鮮血淋漓。

麒麟勃然大怒，「偷我的肉還咬我的長工!你爸媽是怎麼教的?」她一把抓過那隻小狼妖，霹哩啪啦的打著他的屁股，讓他沒命的喊叫，「我代替你爹娘教訓你!死小鬼!」

「誰是你的長工啊?!」明峰聲嘶力竭的喊著，摀著血流不止的手臂。

蕙娘將小妖搶救過來，卻也被咬了一口。這隻小狼妖在他們三人之間傳來傳去，不斷發出尖銳而淒慘的叫聲。

另外兩隻逃走的小狼遠遠的看，誤認為他們的弟弟正被生吞搶食，忍不住淚流滿面。

他們反身逃跑，急著跑回部落，將么弟的噩耗通知大人們。

氣喘吁吁的，蕙娘和明峰在麒麟的拳頭和小狼的利齒之下，終於將小狼妖捆了個結實，並且幫他戴了個口罩。這個口罩是扯下明峰的袖子作成的。他們很願意憐惜小孩，但這小孩把他們咬得全身是傷。

抹了抹汗，蕙娘疲倦的說，「……我把他帶遠一點放走好了。」

「不行。」麒麟斷然拒絕，「把他放走，就沒有沙包自動上門了。」

「啥？」蕙娘和明峰異口同聲，湧起強烈的不祥預感。

「來了。」麒麟掏出鐵棒（別問我她藏在哪），「可以鬆鬆筋骨了。」

明峰蒼白著臉轉過頭……黑暗中，無數發著橙黃光芒的眼睛注視著他們。

他們，被數不清的狼人包圍了。

明峰也不是第一次遇到這種困境，想想看，虓嫿女鬼軍團、秦皇陵的千軍萬馬他都熬過來了，何況這麼一群小小的狼人……

但是這群狼人起碼有兩人高，個個虎背熊腰，長長的獠牙還會反光勒！而且他們一起狼嚎的時候氣勢之驚人……整個荒漠像是為之動搖。

最重要的是，他耳朵嗡嗡叫，因為半規管的劇烈震盪，他不但頭暈想吐，還摔倒在地上。

麒麟瞥了一眼沒路用的小徒，暗暗嘆了口氣。她真不明白這個天魔兩界都想要的「少年真人」、出現在「未來之書」的繼世者、幾乎無視任何規則的怪異小徒，到底算是強呢，還是非常弱？

「鬼叫兩聲，是可以嚇誰？」麒麟將鐵棒扛在肩上，神情輕鬆的，「嚇嚇小孩嗎？」

月光讓烏雲遮住了，荒漠的黑暗濃稠得像是摸得到。即使是夜視能力極佳的狼人，也花了一點時間才找到一動也不動的狼族孩子。

躺在陰暗中，被捆綁著，身上都是血跡。

一聲高亢悲憤的狼嚎，一頭狼人衝上前來，銳利的爪子像是十把長長的匕首，抓向麒麟。麒麟一矮身，鐵棒瀟灑的一揮，格開銳利的爪子，使勁捅向狼人的臉，狼人舉臂格擋，卻發現那一棒如閃電般迴轉，鐵棒的下端靈活一擊，正好敲在他膝蓋上，讓他重心不穩的跌落沙地。

完了。那狼人心裡一陣憤怒，繼而迷惘。將他打敗後，這殘忍的殺手居然後退兩步，並沒有趁機給他致命一擊。

但他的族人並沒有看到這電光石火的瞬間，只看到他們族裡的醫師被打倒在地。雖然是受人尊敬的醫師，但狼人天生的勇猛讓他也是個受人尊敬的戰士。他倒地後群情激憤，狼人們一湧而上，若不是蕙娘敏捷的將腦門嗡嗡響的明峰拖到一邊去，他大概被踩扁了。

那群激憤的狼人沒有對兩手空空的蕙娘和明峰下手，通通湧向麒麟。麒麟的臉龐倒映著雲破月清的銀亮月光，有種酣戰的迷醉感，手裡的鐵棒靈活如銀蛇，來往縱橫的一一打倒撲上來的狼人。

她一人敵數十，卻還神情輕鬆自在，連膽戰心驚的明峰都不得不承認，這樣的麒麟，非常非常的美。

美得像是一頭豹，非常危險的豹。

最後一頭被打飛的銀髮狼女，從沙地爬起來，對著月亮呼嚎，並且喃喃著奇特的語言。乾冷的空氣被攪擾、凝聚、憤怒，夾雜著大量的沙塵。平地出現了小小的沙塵暴，並且漸漸擴大。

不妙。蕙娘心中響起警鈴。她不知道這些狼人的路數，但也聽說了魔族之間的「異常者」有多麼危險。若讓沙塵暴累積到一定程度，很可能他們都無法在大自然的力量中全身而退。

她鼻間獰出怒紋，準備要變身的時候……一聲蒼老的大喝，攪散了滿天沙塵。所有的狼人都停下手，連麒麟都往後一跳，站在蕙娘和明峰前面，帶著滿不在乎的微笑。

每次妳這樣笑，就是存心惹禍。明峰深深的感到悲傷。他為什麼要跟從這個專長就是惹禍的師父？為什麼？就算回紅十字會清水塔都比跟這個師父安穩太多了。

排眾而來的，是個意外瘦小的老狼人。駝著背，乾縮的臉龐帶著縱橫的風霜。當然，瘦小是相對於虎背熊腰的壯年狼人，他站在麒麟面前，麒麟還得仰著臉看。

他嚴厲的盯著麒麟片刻，卻轉頭用聽不懂的語言罵著狼人們。看起來，他地位應該很高，大概是長者或族長那類的。

狼人們氣憤的回答，有的還用手背抹去淚。

重重的頓了頓杖，老狼人長嘆一口氣。他盯著麒麟一行人好一會兒，開口是有著濃重腔調的魔族語言：「聖魔，我們年年賦捐、歲歲納貢，早已竭盡所有。來到我們領地殘殺子弟，又是為了什麼？」

明峰在魔界學了幾個月，魔族語言聽說寫都可應付了。聽老狼人這麼講，只顧著發愣，滿頭霧水。反而麒麟略一沉吟，笑咪咪的回答，「你可沒納稅給我。別著急，我不是賴帳。因為我不是魔族，當然沒收你們稅金囉。」

明峰睜圓了眼睛。等等，這意思是……狼人不是魔族，而向魔族納稅金？

麒麟淡淡的幾句話，卻讓在場的狼人轟動起來。他們瞪著麒麟一行人，互相交頭接耳，竊竊私語。

老狼人凝視著麒麟，又看看蕙娘、明峰。「……你們是哪族的？從何而來？」

「這個問題很複雜，講到明白可能要過一整個月暝。」麒麟攤攤手，「但你說我殘殺你們子弟，那可是天大的冤枉。」她走過去，拎起被捆得結結實實的小狼，「我頂多打了他一頓屁股，但你瞧瞧，這小小偷居然把我的長工和式神咬了一身傷！到底是誰殘殺誰呀……」

「誰是你長工啊?!」明峰吼了起來。

「……小偷？」老狼人眼睛精光四射，勃然大怒，「妳說這小狼崽子偷妳東西?!」

「不信你可以去合一下牙印。」麒麟指了指吊在半空中的肉，「應該有他的、也有他兄弟或姊妹的。」

老狼人接過小狼，氣得渾身發抖，「我人狼一族紀律嚴明，出了你這幫匪類?!」一揚手，就要把小狼摜在碎石堆上。

一群大人一起上前求情，銀髮狼女拚命磕頭，地上斑斑血跡，嘰哩咕嚕對著麒麟說話，看她不懂，趕緊用不流利的魔族語言懇求，「救孩子，求求妳。他小，不懂。」

麒麟還沒說話，明峰先不忍了，「老伯伯，小朋友貪嘴吃是有的，好好教導他就是了。他爸爸媽媽養他這麼大不容易，你這樣一把摔死，他爸媽要傷心，他就算到死也不知道錯了什麼。伯伯，你讓小朋友道個歉，大家還是好朋友，好不好？」

「摔一下又不見得會死。」麒麟咕噥著。但明峰和蕙娘一起瞪她，她只好悶悶的改口，「沒事兒，過去就算了。」

被鬆綁的小狼瑟縮著磕頭賠罪，老狼人神情才稍緩。他力邀麒麟一行人到他們村裡作客。

麒麟興趣缺缺的，她也打夠了，過足了癮頭。而且運動了這麼一會兒，她整個餓了起來。避免食物被偷走最好的方法就是吃到肚子裡，她正盤算著該磨著蕙娘做些什麼菜吃掉，省得又有誰來打她食物的主意。

「那倒不必。」她漫應著，「小事而已，老大爺，大家不打不相識。有空的時候來切磋切磋不錯，我也省得無聊不是？作客什麼太麻煩了……」被魔王綁去這麼幾個月，她聽到「作客」兩個字就犯頭痛。

老狼人有些失望。他們世代居於荒漠，有嚴格的社會規範和榮譽，恩怨分明。這幾個客人這麼大度的原諒他們的族人，卻不能相對的招待他們，讓這個重視榮譽的老族長有些難受了。

「最少來喝杯酒？」老族長提議，「喝杯酒不要多少時間，我們人狼族的蜜酒是很有名的。」

「酒？」麒麟輕輕的重複，她眼睛都直了。

「主子！」蕙娘試圖喚醒她，「妳不要一杯酒就……」

「嗯，對啊，一杯酒而已……老大爺，就只請一杯？你們酒的存量多不多？」麒麟的神情如在夢中。

老族長愣了一下，有些摸不著頭緒。「酒？我們族的蜜酒是很多的。最近的存量似乎有三個洞窟的量吧？這幾年豐收，都先喝新酒。許多百年前的老酒還沒開過封呢。」

百年前的，人狼族祕傳的蜜酒。

「我們還等什麼呢？」麒麟滿臉堆笑，「麻煩大家幫我把肉收下來……相逢即是有緣，順便開個宴會嘛！作客沒個禮物成什麼體統？這些醃肉我也不是那麼愛吃，大家一起吃一起喝酒，如何？」

明峰頹下了肩膀，蕙娘絕望的看著天空。

「妳為什麼永遠學不乖呀!?」他們一起對著麒麟吼了起來。

麒麟只是把臉轉向一邊，裝作沒聽到。

八、對著月亮唱歌

隨著老族長前往他們的聚落，卻沒有想到，他們的聚落入口居然在山谷隱密的角落，並且溼滑的階梯蜿蜒朝下。

階梯兩旁有著發微光的苔蘚，這微弱的光源讓黑暗不再那麼濃重。對於夜視力極佳的人狼族當然足夠，麒麟和蕙娘也一點問題都沒有……

但明峰卻因此第一個抵達人狼聚落——用滑的當然比用走的快很多。

當他摔得七葷八素，從溼滑的階梯乒哩乓啷的半摔半滑到階梯底端，他覺得沒摔斷脖子真的是祖上積德。

暈頭轉向的爬起來，意外發現濃稠的黑暗褪去，朦朧的月光遍灑。有些莫名其妙的抬頭，發現這個應該在深深地下的廣大洞窟，在極高的地方有著打磨的像是鏡子般的許多巨大水晶，將洞頂的光源反射導引，讓這廣大得幾乎有一個小鎮大小的洞窟廣場充滿柔和的光。潺潺的伏流溫柔的響著，兩旁長著奇特的菇類植物，搭著無數的帳篷，擁簇著一個極大的營火。

這裡就是人狼族的聚落，人口約五百人。在神族殘軍尚未入侵，荒漠還是豐沛草原時，人狼族有數百氏族，人口高達百萬。這個洞窟原本是他們崇拜「大地母親」的聖地，只有各氏族祭司和族長可以來此默禱，祈求獵物豐盛，族民平安。

現在卻成了人狼一族最後的棲息地，仰賴大地母親的僅存奶水，苟延殘喘。

這些都是日後聽族長在營火邊講述傳說時了解到的。老族長年逾萬歲，卻沒見過那古老、豐沛、富饒的年代。他還在襁褓中時，這片大地就因為氾濫並且惡用的強大法術戰爭，幾乎喪失了所有的生命力。

所有的美好都由上一代的族長在火堆邊講述，並且傷感的了解到，那美好不會再回來。

＊　　＊　　＊

麒麟一行人走下階梯，看著鼻青臉腫的明峰，默然無言。人狼一族重視客人，所以都強忍著沒有笑出來。但孩子卻忍俊不住，當然也被大人呵斥了。

「……沒關係，我也覺得很好笑。」麒麟遮住了臉。

明峰難堪的、一跛一跛的跟在麒麟後面，臉孔漲紅。族長為了解除他的尷尬，喚人取酒，並且鳴鼓敲鑼，通知族民有客來訪。

這是對最尊貴的客人才有的禮節，驚動了全族。除了在其他洞窟放牧和工作的族民不克前往，幾乎還在村裡的人狼都出來迎接了。

這荒漠許久沒有貴客，只有魔族會派稅吏來收取貢獻。而稅吏在他們眼中是不值得歡迎的，反而會鳴鐘讓女人和小孩躲避，省去不必要的麻煩。

這真是百年來的大事，值得開宴會慶祝，何況客人饋贈了珍貴的肉品。

在人狼熱情的歌舞中，老族長遞給明峰一碗蕩漾著金黃液體的酒。甜蜜而芳香，帶著難以言喻的濃稠感，像是上好的伏特加冰在冷凍庫，取出來時有種蜜樣的流動。

他從來沒見過這麼美麗的酒……粗糙黝黑的陶碗讓這蜜酒更像是盛著極夏的陽光。

麒麟根本就不知道客氣怎麼寫，她一飲而盡，露出極度神醉的神情，「好酒！」

明峰倒是有些捨不得的飲了一口……唔，絲絨般的口感，溫潤柔滑的甜蜜……正想吞下去的時候，他看到人狼族民很豪爽的拿起斟酒給他們的大酒甕，潑在營火上面當燃料，火舌晃的一聲竄得老高。

他瞠目看著可以當燃料的蜜酒，含在嘴裡的那一口不知道該不該吞下去。蕙娘點了點他的背，遞給他一條手帕，將他手裡那碗酒不動聲色的倒到麒麟那兒去。

蕙娘真是體貼。明峰含著淚，將口裡的酒吐到手帕上。「……麒麟沒問題嗎？」他悄悄的問。

「應該……沒問題吧。」蕙娘不太有把握，「我比較擔心你。」

是的，人狼族的蜜酒，不但是主要的熱量來源、歡聚時的逸品，還是珍貴的……燃料。

雖然他沒吞下去，但是些微的、酒精濃度高達百分之百的妖族蜜酒，還是讓他仰面倒下，幸好蕙娘接住他，才沒讓他頭破血流。

他全身發燙，臉孔脹紅得跟豬頭一樣。整個人像隻煮熟的龍蝦。在昏迷之前，他看見麒麟若無其事的仰頭灌著蜜酒，臉孔紅潤有光澤，精神百倍。

他的師父，果然不是人類。

「……地底下可以養蜜蜂嗎？」他在半昏半醒中，喃喃著這個關鍵性的問題。

因為廚師的敏感，蕙娘心裡已經有底了。她轉過頭，看著遠方。

「不是叫做『蜜酒』，就是用蜂蜜釀的……」

明峰醉了一天一夜才甦醒，爬起來手腳發軟，腦門一陣陣脹痛。回眼看到大喝特喝，抱著酒罈不肯放的麒麟，他默默無言。

「……妳不覺得有什麼不舒服嗎？」明峰有氣無力的問著。

麒麟瞪他一眼，「我又不是你。」

明峰無力的頹下肩膀。幸好我不像妳，我還是普通正常的人類。

人狼族民很熱情的招待他們，盡力擺出最好的食物來招待。很奇怪的是，他們身為肉食性的人狼，餐桌上倒有一半多是各式各樣的菇類料理，還有一種奇怪味道、嚼起來有幾分像是豆腐的肉。坦白說，不太可口，雖然蕙娘已經盡力而為了。

「我們幾時走？」明峰悄悄的問麒麟。魔王一定到處在追捕他們，滯留越久越危險吧？

「等我喝夠了再說。」麒麟抱著酒罈，頗有落地生根的氣勢。

……只要有酒，殺頭妳也不怕，對吧？

因為麒麟的樂不思蜀，他們在人狼聚落待了不少日子，同時明峰也知道了「蜜酒」和「神祕的肉」的來源。

第一次看到的時候，明峰的表情空白了好一會兒，雙目含淚的張大嘴巴，半晌動彈不得。

排山倒海而來，是一隻巨大的「蛆」。

真的很大很大，大得像是可以塞滿客廳的大小。這隻金黃色的、偶爾有觸角伸出來的「蛆」，裹著看似極薄卻很堅韌的皮，光滑的反射奇特的光澤，體液緩緩流動……

「這是蜜蟲。」帶他參觀的放牧人說，「大地母親的恩賜。」

那些巨大的「蛆」似乎對明峰頗有好感，紛紛圍攏過來，用頭（假如你稱昂起來的頂端為「頭」的話）頂著明峰。

那冰涼、滑潤的觸感，讓明峰整個人石化，只有寒毛和頭髮一起全體立正。

「真難得，」放牧人笑著，「牠們喜歡你呢。蜜蟲戒心很重，不太接近陌生人的。」

然後，他提了一個桶子，敲了敲蜜蟲，蜜蟲聽話的從腹部底端伸出一個管子，分泌出金黃色的液體。

這，就是蜜酒的原始材料。

他勉強維持著基本禮貌，帶著僵硬的笑容。回到聚落，他抓著蕙娘，「那個那個那個……那個蜜酒、那個肉……」

「蜜蟲？」蕙娘正在挑戰如何把蜜蟲肉烹調得更美味，「我早就知道了。」看明峰一臉作嘔，她有點不高興，「明峰，你這樣很沒有禮貌。你要知道他們根本沒有什麼可以吃，只有啃食地衣苔蘚的蜜蟲是他們主要食物來源。對他們來說，那是重要的牲口。如果你覺得噁心，可以不要吃。他們多了我們三張嘴，其實是很沉重的負擔。」

明峰呆了一會兒，滿臉羞慚的低下頭。蕙娘說得對，他們這幾個客人讓食物短缺的人狼族更窘迫。然而蕙娘會煮飯、麒麟常跟著年輕人去打獵，而他，是唯一什麼都不會的人。

這樣的閒人居然嫌主人的牲口不好看，食物令人作嘔。

默默的，他也跟著女人或小孩去放牧、採蘑菇。人狼族沒有閒人，每個人都為了生存努力。他很快就成為高明的放牧人，而原本讓他覺得噁心的蜜蟲，看久了也覺得頗可愛。

在這裡，他學會了妖族語言和人狼的方言。他原本就對文字很有一手，甚至，他還學會了一點古老的妖族文字，更了解了妖族的傳統。

他們在人狼族居留了一整個夏天。因為族長知道他們目的地以後，建議他們留下來渡暑。

「你們運氣好，月暝才到荒漠。」老族長點了點頭，「夏天陽日的荒漠可以輕易殺死任何人，包括最高強的聖魔。你們若要橫渡荒漠，還是等秋涼啟程比較理想。」

人狼族稱呼魔族為「聖魔」，異常者為「惡魔」。殘存的妖族別無選擇，必須要效忠某方才能生存下去。比起殘忍、反覆不定的異常者，聖魔顯得比較理智，除了蘑菇、蜜酒的稅捐，其他並無所求，既不侵擾，相反的還在大河布下防禦，不讓異常者渡河。

雖然不是為了妖族的安全，但人狼族依舊因此感激。

「但我們是聖魔王者要的逃犯。」麒麟聳聳肩。

族長並沒有訝異的神情，反而點點頭。「貴客，相處這段時間，我無法歸類你們屬於妖族或魔族，但認識了你們的誠實和英勇。大地母親歡迎你們，我們亦張開雙臂。聖魔並不在意我們這群低賤的妖族——以他們的眼光而言。我們離首都很近，但妳知道的，即使最明智的聖魔，也會忽略身邊燭台下的陰影。」

明峰還是很不安，「但我們對你們很危險。」他越來越喜歡這群純樸的、不輕易動用妖力的人狼，想到可能替他們帶來災難，這讓他非常憂心。

「孩子啊，」老族長很喜歡這個軟心腸，勤勉學習的少年，「稅吏要秋深才會來，在那之前，你還有很多學習的時間。」

「……我會的。」老族長的慈祥常讓他想起爸爸和伯伯。

「唉，希望你們的酒夠喝啊。」麒麟笑著，很豪爽的喝掉一大碗公的蜜酒。聚集的人狼都笑了起來。

明峰發現，他對妖族有很大的誤解。

或許在人間遇到的妖族，十個裡頭有九個想抓他採補。老族長對這點非常震驚並且憤慨，大罵那些妖族讓異常者污染，只想走捷徑。

古老妖族崇拜敬畏大自然的力量，視「吞噬」這門為旁門左道。他們有許多高深的妖術，卻不輕易動用。因為大地枯竭，每動用一點，就是衰弱大地母親的生機。

族長對他解釋，「我們當然可以匯聚荒漠所有的水氣，造出湧泉，洗綠某個地方，這就是聖魔正在作的。但這是透支，透支未來的任何一點雨水。現在拿走多少水氣，本來會下的雨就會延遲更多時間。我們無力阻止聖魔的作為，但不能讓傷痕累累的母親有更多負擔。母親已經竭盡所能，從乾枯的乳房擠出奶汁餵養我們，」他指著溫柔的伏流，「人狼不能忘恩負義。我們只能請求，低下頭顱，謙卑的請母親聆聽我們。」

明峰望著他，非常訝異的。族長從來沒去過人間，但他的論點和某些薩滿教或印第安巫教的論點有驚人的類似。

咒，到底是什麼？麒麟說，咒的本質乃是「心苗湧現字句」。但這些字句，到底是要給誰聽呢？

「母親。」他無意識的吐出這個詞，自己都覺得有幾分莫名其妙。

麒麟笑笑的，看著她發呆的小徒。當然啦，蜜酒的吸引力很大，這說不定是她喝過最夠味的酒。（酒精濃度高達百分之百，濃稠到快要不成液體，當然「夠味」。）

但是她隱隱的覺得，她的小徒歷經愛情痛楚的洗禮，像是在蛋殼裡的小雞，正在等孵化的那個契機。

世界的成毀啦、魔王天帝啦，對麒麟來說，都沒有什麼興趣。一切都有其天命，最終都會通向毀滅。不過不掙扎一下實在沒有意思。

對啦，她就是要搗蛋。她就是要邊喝酒邊對無聊的命定搗蛋一下。

比方說，藏匿「真人」，比方說，讓承受嚴厲沉重命運的徒兒，走向他想走的路。

不為什麼，只是她要搗蛋而已。

哪怕付出極昂貴的代價，哪怕她連「人類」的身分都無法維持，成為半人半慈獸的怪物。

但這才有趣嘛。

「蕙娘，我想吃黑森林蛋糕。」她喝著湃在伏流中，冰冰涼涼的蜜酒吵鬧著。

「……主子，沒有麵粉沒有雞蛋……」蕙娘長長的嘆口氣，「什麼都沒有，我怎麼變出來？」

「我不管，我不管！」冰涼甜蜜的蜜酒，當然要配甜蜜略帶苦味的黑森林蛋糕啊！「我要吃黑森林蛋糕！」

蕙娘無奈的望著她，頹下肩膀。我真的太寵她了，她想著。「……我去想辦法。」

若說他們這群旅人給人狼什麼影響……大概沒有人比蕙娘的影響更大。這位天才廚娘在極度貧瘠的食材中，研發出無數驚人美妙的食譜，大大的改善了人狼的食物。

當中最受孩子們歡迎的是「黑森林蘑菇蛋糕」。這款用各種不同蘑菇磨成粉，用蜜糖（蜜酒的原始原料）和若干可食地衣做出來的蛋糕，是蕙娘最精心的傑作。

他們也記得那個額頭上長著角，能夠獵捕最危險、最龐大野獸的麒麟，和她滿不在乎、喝著酒的笑容。

當然，他們也記得那個唯一可以騎上蜜蟲，會說許多故事的少年。

但這一切，都比不上夏末的那一天。那一天成為傳奇，在火堆邊成了新的傳說，傳誦過一年又一年。

這一天和往常的日子沒有什麼不同。

即使是夏末，陽日的荒漠也足以殺人。男人們停止獵捕，在聚落整理獵具、製作陶器，協助女人和小孩釀蜜酒，幫忙放牧。

在人狼族裡，女人和小孩非常珍貴。在統治魔界的聖魔喪失生育能力的此時，妖族神祕的保持著生育能力。所有的女性都受到絕對的尊重和愛護，希望她們不要從事打獵這樣危險的工作。

當然也有那種倔強的女人，保有旺盛的獵捕本能，一樣也跟男人一起打獵。

沒辦法，男人會聳聳肩，不會拒絕這些女人。她們是大地母親的女兒，可以孕育生命的戰士，你只能讓她們去，不然怎麼辦？語氣總是寵溺的。

或許是這樣的嬌寵，也或許是這樣的寶愛，大部分的女人都會壓抑本能，在聚落放牧、餵養小孩和侍奉老人。

人狼的看法很直觀，也很單純。他們平靜的接受這三個異族的旅人，很自然的將蕙娘看成女人，明峰看成小孩，而麒麟，是戰士。

你怎麼可能讓一個天生的戰士委屈在洞窟裡當牧人？她喝酒比誰都豪爽，打獵比誰都凶猛，追蹤的技巧比誰都高超。狼人尊敬勇敢的戰士，而麒麟值得這份珍貴的尊敬。

她總是帶著滿不在乎的笑容，跟著化成狼形的人狼奔馳過月瞑的荒漠。看起來嬌弱的她，卻擁有最堅韌的意志。即使奔馳百里之遙，她還是笑笑的，拉起彎弓，準確的將流星般的箭矢射入大河懸崖邊的巨獸，在巨獸吃痛狂奔而來時，迎面痛擊，鐵棒倒映著月亮的銀光。

跟她出獵，像是跟幸運女神出獵，既不空手，也不會出現死傷。人狼單純的信賴她，直到她遠離許久許久，還將她雕繪在獵具上，祈求相同的幸運。

這天，陽日將盡的這天。和以往的日子沒有什麼不同。獵人們收拾獵具，正在聆聽巫女的祝福。而巫女就是那位銀髮狼女，她已經是三個小孩的媽媽了。人狼聽說人間巫女通常不生育，無不嘖嘖稱奇。

空有孕育的子宮卻浪費著，人類這族真是意外的奢侈。這對面對乾枯大地、種族延續嚴酷的人狼妖族來說，著實不可思議。

巫女悅耳的吟唱迴響在洞窟中，帶著一種單純卻動聽的溫柔。她在跟大地母親祝禱，祈求出行平安，哀悼即將死去的獵物，因為那也是大地母親的子孫之一。

祝福完畢，巫女在獵人身上撒上蜜酒。帶頭的獵人仰天發出狼嚎，整個聚落大大小小一起對著月亮豪壯的歌唱，以狼的悠遠。

每次這個時候，明峰都會偷偷地紅了眼眶。人類和眾生，似乎沒有什麼不同。人狼打招呼的時候都喜歡張開雙臂喊，「我的兄弟。」

的確，他在心裡輕輕的說。你們，都是我的兄弟。我異族的兄弟姊妹……

他的懷抱突然劇烈的發熱、發燙。若有似無的，在這豪壯、震耳欲聾的狼嚎聲中，他聽到細細的，死去羅紗的沙啞聲音：「親愛的，危險……」

低頭看著懷抱。裝著羅紗殘服的布包意外的出現在他懷裡，發著暗暗的紅光。打開一看，一只深紅水晶耳環閃爍。

這……這是哪裡來的？他對羅紗的遺物非常熟悉，但從來沒看過這只耳環。握著耳環……他被襲擊了。

被恐怖的、充滿血漬的影像襲擊了。他看到滿地的血，被支解的族長。嬰兒插在矛上，在火堆中烘烤。人狼族的女人因為可以生育被詛咒……

那個拿著大斧將羅紗劈成兩半的雪白惡魔，正在這片血泊中，咬斷某個孩子的咽喉，吸血。

他失神，耳環掉落在地上。幾秒鐘的影像，讓他全身被冷汗浸透，從心底徹底冷了起來。

不要，不要。他不要這種事情發生。

「麒麟，麒麟！」撿起耳環，他狂吼著叫住他的師父，「別去，不要去！他們要來了，要來了！」

他大吼大叫，淚流滿面，全身抑止不住的顫抖，並且不斷的嘔吐。正要走出洞口的麒麟訝異的轉頭，她總是輕鬆微笑的臉龐變得凝重。「停！先不要走！」她奔過去。「深呼吸，平靜下來。」她寧靜的聲音讓失神的明峰稍稍安定，「你看到什麼……污穢？」

對，就是污穢。貪婪的污穢。他無法忍受任何污穢，總是會引起劇烈的嘔吐。

他心裡著急，卻無法組織字句。看著掌心嫣紅的耳環……他想到小時候，祖父沒有什麼理由，幫他穿了一個耳孔，卻沒讓他戴上什麼耳環。

「你問我我也不知道為什麼，」祖父承認，「但將來有個耳環，你會戴上。」

他摸索著耳朵，發現這個耳孔一直都在，靜靜的在等著什麼。為什麼不是這一個？這是羅紗的耳環，她剛剛喚了我。沒有可供轉生的魂魄，但她喚了我。

明峰戴上了那只耳環。痛苦的嘔吐終於停止，他找到了自己的聲音。

「雪白的惡魔要來了。」他說，「在三個月亮重疊的時候，他們就來了。」

「在獵捕的月暝之夜嗎？」麒麟彎起帶邪氣的可愛笑容，「這真是很特別的獵物。」

希維俯瞰著山谷，雪白的臉孔浮出一絲殘忍的冷笑。真沒想到聖魔那些傢伙如此無能，居然讓卑賤的妖族存活下來。

卑賤、低劣、無知的賤民。怎麼配擁有荒漠唯一的水源？最可厭的，這些賤民居然還存有生育能力。讓他們繁衍起來還得了？惡苗要趁弱小的時候拔除，而這些女人的子宮該孕育高貴的魔族，不是給賤民使用的。

但這些賤民藏得很深。讓他頗花費力氣才用占卜確定方位，破解了隱蔽的迷霧。

他在等。等待人狼的獵人們出獵。等這些愚蠢的賤民去和蜥蜴還是恐熊拚命的時

候，他的精銳部隊就會下去飽餐一頓……不過是些沒有抵抗能力的女人、小孩，和老人。以逸待勞的等待疲倦的獵人，徹底將這些賤民抹煞，只留下可以生育的女人。

一切都很完美。

所以他耐性的等著，等三個月亮重疊。等人狼們化成狼形，踏著白沙奔馳而去。他彎起嘴角，興奮的雙眼通紅。

「饗宴，開始了。」他輕輕說著，帶著部下，張開蝙蝠似的翅膀，像是沙漠不祥的風，悄悄的降落在山谷。

循著溼滑的階梯向下，他們抵達人狼的部落。但是只有大營火靜靜的燃燒，聚落居然一個人也沒有。

希維呆了片刻，「退，撤退！」他豐富的作戰經驗告訴他這樣的寂靜必定有詐。

「來得及麼？」冷冷的女聲響起，帶著一絲嘲諷，「若不是老族長堅持不可卑劣，你們在漫長的階梯就該死一半的人了。」

麒麟笑笑著，和蕙娘堵在階梯上。而人狼的精銳獵人們也從隱蔽的角落走出來。

希維大吃一驚。他的卜算是完美的，不應該出現這種失誤！而且獵人們應該出獵了，他親眼看到他們走的！

「你說這個？」麒麟像是看透了他的想法，抓起了一把小石頭，「這是『撒豆成兵』，你沒學過嗎？」她抛出手上的石頭，落地變成了一大群的人狼獵人。

希維沉下了臉，憑空揮下一斧，這群石頭變成的獵人又還原為石頭。「雕蟲小技。」

「很有幾分本事。」麒麟鼓掌，「但是吸血鬼大爺，你被我的雕蟲小技騙進了這裡。你們只有五十人，我們是你的好幾倍。」麒麟攤攤手，「你們要束手就擒，還是打算全體被滅？兩條路你選一條吧。」

希維沉著下來。情形的確比較棘手，但也只是比較而已。他露出獠牙獰笑，「兩條路，我都不選。」他手臂猛然一長，揮爪抓向離他最近的獵人，饒是人狼的本能讓他閃避，卻只是避開斷頭的厄運，咽喉噴出了大蓬的鮮血。

吸血族迷醉的舔著指端的血，「我要吃掉你們全部！」

麒麟的眼睛闔了闔，「……是嗎？我怕你的胃可能嬌弱了點。」獵人們看到族民被傷害，發出狼嚎衝了上來。

人狼族聚落的地下洞窟非常廣大、蜿蜒，錯綜複雜。老族長帶著族裡的女人孩子、明峰撤退到最深的放牧地。

當然，敵人並不多，老族長對獵人和麒麟的勇猛有信心。但重要的不是這隻狙擊隊，而是後面還有誰，是誰主使的。

異常者無法渡水，他們對大河有先天的恐懼在，這成了良好的屏障。雖然異常者一直沒有放棄架橋的努力，但大河岸有聖魔正規軍防守。而這些陌生的魔族是哪裡來的？

「聖魔想要抹煞我們？」老族長喃喃著，露出苦澀的微笑。臣服這麼長久的時光，最後的結果還是這樣？

「我相信魔王不會這麼做。」一直非常沉默的明峰在暗處突然出了聲音。

羅紗死後，他一直在思考，在想。他知道魔界不像表面那樣統一而和平，暗殺羅紗的刺客也是魔族。完全是靠魔王專制的鎮壓才有表面的安定。

他認識魔王不久，但他從來不討厭這個魔界至尊，反而非常尊敬。魔王不好殺，他

＊　＊　＊

也是為了種族的存續在努力，他並不想重蹈覆轍，抹煞任何其他種族。

但其他的魔族未必這麼想。

寂靜中，他嗅到血腥味。不知道為什麼，他知道那是麒麟的血。驟然的痛苦讓他抓緊了心臟，像是所有羅紗死後的哀傷如狂浪般襲來。他胸前嶄新的傷痕裂開，卻沒有流出血。

狂信者發出尖銳的戰呼，幾乎要破體而出。

「我的兄弟，」銀髮巫女關懷的看著滿頭大汗的明峰，「你還好嗎？希望大地母親與你同在。」

他抬起汗溼的眼睛，看著狼女溫柔的眼睛。我的姊妹……母親。

「回去。」他深深吸口氣，「搞清楚誰是主人，給我回去！」他用無比的狂怒鎮壓了狂信者式神的騷動。

巫女愕然的看著他，明峰給她一個無力卻安慰的微笑。

我……我真是個沒用的人。明峰想著。我什麼都不會，連鎮壓凶惡式神都要使盡所有力量。但我不要，我不要我的兄弟，我的姊妹被我失去理智的式神殺死，我不要蕙娘和麒麟受到半點傷害。

羅紗，幫我。他無聲的祈求著，「荼蘼。」

一股嬌弱的香風，吹拂過這個幽暗的洞窟放牧地。明峰讓這股溫柔的風擁抱著，心苗湧現字句，卻不是他認識的任何咒語。

「姬爾松耐爾，伊爾碧綠絲！」

相隔遙遠的麒麟深深的呼出一口氣，露出美麗的笑容。她其實很累了。自從她過度使用慈獸的力量，變成半人半慈獸的怪物，讓她人類的靈力更衰退，卻也無法完全使用慈獸的力量。

除非我徹底放棄人類的身分，並且到天界經過洗禮，變成慈獸，才有辦法改善這種衰弱。

但這太麻煩了。

現在的她完全靠完美的體術和一些漂亮的小把戲打鬥。與體力和妖術都抵達巔峰的吸血魔相比，她說不定還不如堅韌的人狼獵人。

但我不是一個人。一直都不是一個人。

「姬爾松耐爾，伊爾碧綠絲！」

隨著她難解的咒語，整個洞窟起了強大的共鳴。黝黑的伏流像是被虔誠的祈求感動，發出強烈、各種顏色的極光，這是大地記憶中，遠古歲月曾經有過的光輝燦爛，所有美好的思念、歡笑，富饒與繁衍。

長了角的麒麟漂浮在半空中，和遙遠黝暗中的明峰，和枯竭的大地，起了絕對光亮的共鳴。

希維的部下掩著臉哀號起來。他們都是罹患著「荼毒」的異常者，這種光亮和粲然對他們不啻是劇毒，在極光中，他們的皮膚漸漸剝落、成灰，消失無蹤。

希維雖然受到創傷，但他卻只是吐了幾口珍貴的血，沒有消失。

麒麟緩緩的降落，望著這個輕微受創的吸血魔。「我早就在懷疑了……」她有些困惑的微笑，「你怎麼從人間偷渡過來的？吸血族大人？」

希維露出雪白的獠牙，眼神帶著忿恨和輕蔑，「等我滅了你們，我會在妳的屍首上告訴妳。」

麒麟的眼神輕輕飄忽開來，獵人的死亡數量可能不多，但多少都受到一些輕重傷。最糟糕的是，這最後的咒語也用了她僅存的力量。

但這才有趣，不是嗎？反正若她倒下，還有蕙娘。

她正要開口，明峰的聲音響了起來。

「麒麟，他是我的。」她的小徒從黑暗中走出來，只有耳朵上的紅水晶閃著微微的光。「讓我來，麒麟，拜託。」

麒麟深深的看他幾眼，悠閒的退後，不忘抄起沒打破的一甕蜜酒。

明峰無力的頹下肩膀。他這個師父，真是不像樣……

坦白說，他兩條腿都在發抖。這不知道是第幾次，他深深懷念紅十字會的安穩。但有些事情不得不做，有些人，你就算死也要保護。

「荼蘼……來吧！」他自言自語，「讓我們解決這件事，讓我們……打開這個結。」

希維瞇細了眼睛，充滿戒備。

這個人類……這個身上有著可怕式神的人類。異常者的首領願意和他合作，條件就是這個人類的血。

他原以為這是個簡單的任務，像是他摧毀魔王引以為傲的琴姬一般。人類比妖族還低賤，弱小、短命，不過是吸血族的食物。雖然有些人類比較麻煩，不過也只是比較而已。

但這個人類，卻在體內藏著惡靈。而那種驅使的方式……他居然有種熟悉的感覺。他和腦殘的異常者不同，他知道躲避危險。所以當惡靈出現時，他本能的感覺到是天敵，悄悄的隱遁了。

祕術。靈光乍現，他想起來了。這是吸血族獨有的祕術，在人間失傳已久……但這裡不是人間。他知道如何反過來馴服，克制。

希維隱隱的露出冷笑。

明峰不知道他轉的念頭，只是有些憂鬱的走上前。他在紅十字會受過很基礎的體術訓練，但真的很基礎。他一直是個學者型的道士，他會禳災祓禊，他懂得如何布壇驅鬼。但是說真話，他不知道怎麼驅除異國的吸血族。

他和吸血族只遭遇過一次，那次麒麟差點就死了……完全靠狂信者式神度過災難。

現在他身體裡藏著那些險惡的式神，但他還不會控制，也不打算使用這股狂野凶殘的力量。

他們不會分敵我。狹隘的，只想打倒不信主的眾生。這不是他要的……如果殺生的罪孽無可避免，那他希望是在最低限度，並且不要傷害他所想要保護的人。

「聽說琴姬被派去迷惑你？」希維冷笑，挑釁的。「你會喜歡獨眼女人，興趣很特別啊。」

明峰憂鬱的看著這隻強大的吸血魔，深吸幾口氣。「你不用激怒我我就夠生氣了。你殺了羅紗。」但明峰的口吻很平靜。

「我是殺了她怎麼樣？」希維露出獠牙，「雖然我本來是要殺你！」他掄起巨斧，帶著強大的風壓和魔力劈了過來。

真奇怪，他的速度怎麼這麼慢？明峰的心裡訝異，最少從他的左眼看起來，吸血魔像是慢動作重播。他沒花什麼力氣，就輕鬆的避開。

他避開了吸血魔狂風暴雨似的攻擊，從左眼。

為什麼？……這是羅紗的眼睛。羅紗依舊完好的美麗左眼。她……她藉這只奇妙的耳環，將她的眼睛借給我嗎？

明峰的右眼流下眼淚，內心充滿了一直壓抑著的哀傷。這是他的初戀，美麗、光滑，一直到最後的悲痛，都是完美無瑕的。

這個傢伙、這個吸血魔，在我眼前斬殺了我心愛的花，現在又準備斬殺我的兄弟、姊妹，而他們也是別人的花樹，別人摯愛的人。

「喔，歐絡法恩，雷沙米塔，卡裡密力！

美哉花楸樹，滿樹的白色花苞更襯托你的美麗，

我的花楸樹，我看見你沐浴在金黄的陽光裡，

你的樹皮光滑，樹葉輕飄，聲音柔軟清洌；

金紅色的皇冠是你頭上的一切！」

我的羅紗，我的荼蘼，我心愛的花楸樹啊！我因為妳成為一個完整的人，妳卻因為我破碎。

希維想要嘲笑他，這種時候還唱什麼歌？但他驚恐的發現，他的巨斧沉重，頭腦昏

沉，血液像是沸騰起來，被無形而細密的束縛捆綁，失去行動能力。

這是……他從來沒有聽過，從來沒有遭遇的咒歌。他知道語言有其力量，但不應該是這種平凡的語言……

這只是人類的語言啊！

他狂吼著，整個人化為一團霧氣，擺脫了束縛，像是一陣狂亂的颶風撲向明峰，急促尖銳的念著吸血族的祕術，試圖逆轉明峰的咒。

一定是的，他一定是用了惡靈的力量，不然他怎麼有辦法束縛吸血貴族的我？

悲哀和憤怒停止了明峰的恐懼，他舉起一隻手就阻止了希維的颶風化身。

「亡矣花楸樹，你的秀髮乾枯灰敗；

你的皇冠粉碎，聲音如花凋謝。」

這個時候的明峰，因為悲哀的洗禮，突然無比清明冷靜。

我……我並不是想復仇。復仇是無聊的行為，這個吸血魔死了，羅紗也不會活轉過來。但是為了阻止更多不幸的羅紗產生，他必須死。

「喔，歐絡法恩，雷沙米塔，卡裡窬力！」

希維發出尖銳的慘叫，就像他手下無數犧牲者同樣無助的、臨終時的哀鳴。

好一會兒，明峰的左眼也流下眼淚，耳環黯淡。嬌弱的香風逝去。

麒麟點了點他的背，將蜜酒遞給他。「幹得好啊，徒兒。」

他飲下芳香的蜜酒，卻覺得口腔滿是苦味。「……可以的話，我不想殺任何人。」

他低語著，眼淚完全不能停止下來，「我我我……羅紗，荼蘼……」

他這個勝利者，哭倒在麒麟的懷裡，痛苦得無法自抑。

* * *

他實在不該喝蜜酒的。

喝完那碗蜜酒，他根本不知道後來怎麼了，只記得自己哭得亂七八糟，然後就人事不知，做了一大堆亂七八糟的夢。

模模糊糊的，他隱隱有些自豪。真厲害，沒想到咒是這樣自然而然的從心苗湧現，然後脫口而出。最重要的是，他的咒有莊重的風格，不像麒麟老是用漫畫對白濫竽充數……

羅紗，我會成為偉大的禁咒師，而不像麒麟只會亂來一通。

「……我就知道，他會成為偉大的禁咒師的。」半睡半醒中，他聽到了麒麟感動的聲音，「所謂青出於藍而勝於藍，大約就是這樣……」

為什麼麒麟的誇獎，總是讓他有點不安？

「呃……」蕙娘頓了一下，「妳只是很高興他自然湧現的是小說對白吧……」

小說對白？明峰掙扎的睜開眼睛，小說對白?!怎麼可能？不，他不能接受這樣殘酷的事實！

「妳怎麼這麼講？」麒麟有點不高興，「有本事的人，念卡通對白都是強而有力的咒啦！這可是托老的《魔戒》欸！是純淨的精靈和古老樹人的咒歌欸！能夠了解領會，進而誦唱出這麼強大的咒，這是很了不起的……在最可笑的漫畫中都會隱藏著真理，何況是托老偉大的《魔戒》……」

「反正我不懂的，都是咒，對吧？」蕙娘很無奈。

「不會吧?!」明峰慘叫起來。他因為強烈酒精的緣故，整個腦袋像是被斧頭劈過，宿醉的一場糊塗。「我……我……從我心苗湧現的，為什麼是……是……」

「我說過你有天分的。」麒麟愛惜的拍拍他的頭，「雖然笨了點，但會是我最得意的弟子……」

我不要跟妳一樣。明峰強烈的驚恐起來，我不要跟妳一樣抱著漫畫小說胡來啊！

「天哪……」明峰絕望的望著她，「我不該跟著妳看《魔戒》……」

不，不對。我不該成為她的弟子，我不該跟從這個亂七八糟的師父。

對不起，羅紗，我當不成偉大的禁咒師了……搞笑禁咒師倒是有可能。

「……我現在知道什麼叫做千金難買早知道了。」他伏在枕上，嚶嚶啜泣，卻不是因為宿醉。

蕙娘充滿同情的拍了拍他。

九、歸鄉

來襲的吸血魔小隊全體殲滅，明峰哭泣醉倒，麒麟將明峰交給蕙娘照顧，走向那個傲慢的吸血魔。

他已經粉碎成一堆灰燼，帶著微溫。在她年紀還小的時候，彼時尚未封天絕地，子麟還會來偷偷探望。除了教她一大堆不良嗜好外，還教了她如何「複寫」思念。

走向理性的人類通常思念都比較淺，能得到的訊息自然也比較少。但這個執拗狂放的吸血魔卻殘存著鮮明得幾乎摸得到的思念。

因此，麒麟知道，他叫做希維，從人間逆開了一條狹小的通道。吸血族被流放人間後都帶股憤怒的思鄉，畢竟人間不適合吸血族居住。他們甚至大膽到派希維當使節，準備和魔王的敵人——反覆無常的異常者合作。

麒麟漠然。真傻。敵人的敵人未必就是朋友，而吸血族一直懷念的故鄉充滿排斥魔族的疫病，此鄉也非故鄉。

吸血族對她深痛惡絕，視為仇寇；但麒麟卻對吸血族沒有特殊惡感。她也不過是個為了保護眷族，拿起鐵棒揮舞的禁咒師。

她將多餘的影像過濾，只留下有用的訊息。然後握在手掌裡頭，成為一個漆黑的陰影。

蕙娘接收上沒有問題，她比較擔心她那敏感的小徒。

但攤給他看時，這次他沒有嘔吐。他是成長了一點點。

錯綜複雜如迷宮，充滿血腥的廣大城市中心，在華麗而高貴的宮殿中，開了一條小小的通道，隱隱的發著黝暗的光。

「這可以到人間？」明峰有幾分迷惑，「但封天絕地……」

「對啊。」麒麟聳聳肩，「所以人間幾乎沒有神魔管轄了。吸血族需要鳥你什麼封天絕地令？他們不用鳥吧？」

沒錯。明峰突然覺得冷汗涔涔。只要留居人間的眾生想要，可以隨便打個洞，讓脆弱的接壤更千創百孔。

「安啦，你以為跟鑽油井一樣簡單？」麒麟像是看穿了他的想法，「這可是耗日費時的大工程。從他的思念看來，經過無數失敗，才打穿了可以讓一人通過的管道，而且必須使用大量有才幹的祕法師才可以維繫通道……這些都不是問題。」麒麟嘆口氣。

向來笑嘻嘻的麒麟突然嘆氣，讓明峰嚇得一跳，連宿醉都忘記了。「什、什麼問題？」這個問題……千萬別出在他頭上。他得很忍耐，才可以忍住奪門而逃的衝動。

「不要那麼害怕好不好？」麒麟瞪了他一眼，「最大的問題是，這個通道入口，在異常者的都市裡。」

「……妳說什麼?!」明峰愣了半晌，吼了起來。

「而且在異常者的女王王座附近。」

「妳說什麼?!」

「從他的思念看來，異常者都市大約有百萬人口吧……」麒麟搔搔頭，「好消息是，軍隊數量只有十來萬。」

「妳說什麼?!」這算什麼好消息？這算哪一國的好消息啊～～

三個人對十來萬……這會不會太扯？這會不會太扯啊～

「放心啦，」麒麟可愛的笑著，很豪邁的拍著明峰，「我已經想到對策了。」

……每次看到她可愛卻帶邪氣的笑容，明峰只會感到強烈的毛骨悚然。就算對象不是他，他也替那不幸的受害者感到無比同情。

人狼聚落正在舉行葬禮。在這一役中死去了兩個獵人，還有一個傷重不治。古老妖族和使用過度魔法的魔族不同，他們有可供憑弔的遺體，可以舉行葬禮，讓親人極盡哀痛。

但說起來，損失已經很輕微了。而且老族長知道這隻狙擊小隊是獨立的獵食，並沒有其他大軍，讓他放心不少。

不過，麒麟卻遞給他一卷書信，請他差人送去首都，讓他嚇得跳起來。「……送去首都!!」老族長漲紅了臉吼著，「若是聖魔來到這裡，他們會將你們抓走！妳要我做這等背信忘義，有辱祖靈和母親的事情！妳……」

「族長，」麒麟正色，「這是很嚴重的事情。不能渡河的異常者居然有了暗橋，可以入侵荒漠了。荒漠之後呢？首都離這兒可是不太遠。聖魔收你們稅金，就該保護你們……最不濟也該保護自己吧？」

「但是你們……」族長低頭想了想，「你們馬上就走！」

「我們會走，」麒麟拍拍老族長，「但不會拖累你們。放心吧……」

「你們從來不是拖累！」老族長吼了起來，年紀老邁的他，還有年輕人的火性。

「我知道。」麒麟軟下心腸，緊緊擁抱老族長，「我們一起讓聖魔團團轉吧。」

收到麒麟的信，讓魔王的神情變了變。

「……信主在你們部落？」他不敢置信的問著階下的人狼。

獵人裝束的信差謙卑的攤開雙手，「聖魔大人，他們是我族貴客。」

該死！居然就在他的眼皮底下！魔王暗暗的咬牙。他推測麒麟等人應該傳送到冥界附近，幾乎把周圍百里翻了個天翻地覆，還屢次派軍隊去冥界裡頭要人，和冥界諸王幾乎翻臉，一無所獲，這隻該死的麒麟種居然安安穩穩的在離他首都不到兩百里的人狼聚落喝酒度夏！

他差點把王座的扶手握斷。現在差信差來又做什麼？他們不知道逃到哪去了！

氣得幾乎把信扯碎，展開書信，是麒麟龍飛鳳舞、極其娟秀的字跡，而且是人類華文。

這隻麒麟種，連寫信給魔界至尊的禮貌都不知道？寫信給我最少要用魔界文字，並且加諸敬語，開頭就是「嗨！雜毛鳥魔王，好久不見。」，這還有半點禮數可言？

但是往下讀，越讀越心驚。異常者居然與流放人間的吸血族勾結，甚至在異常者的都市開了通道。讓這兩者真的結了盟……

更糟糕的是，畏懼大河的異常者居然有了暗橋，可以在他的領土內獵食！他安置在首都外的重病病患收容所，一個個靜悄悄的毀滅，他原不以為意，以為是自然壽終。想來是……

被獵食殆盡。

「惡魔襲擊你們部落？」他放緩聲音，詢問著信差。

信差點點頭，取出一個粗糙的琉璃瓶，「聖魔大人，這是異常者的殘骸。」妖族不會被感染，但是魔族會。因此這個琉璃瓶謹慎的封了多層封印。

魔王走下他的王座，親手接過那只琉璃瓶。這種灼熱、瘋狂的痕跡。

「荼毒」。

到底還有誰參與這場沉默的叛亂？有沒有魔族貴族參與其中？他這才明白麒麟為什麼用魔族少有人了解的華文寫信。

他怒極反笑。少年真人固然重要，麒麟妳也別想跑。多妳一個智囊，我還需要千軍萬馬？

「來人，讓信差先去驛館休息。遠道而來，辛苦了。」魔王點了點頭，「李嘉，召集醫療團隊和軍隊，這是緊急命令。」

魔王用最快的速度集結，信差隨軍將他們帶往人狼聚落。

如他所料，麒麟一行人走了，但卻是三刻鐘之前走的。他們這幾個人類有種天生魅力，總會很快的軟化魔族的心防，讓人不由得喜歡他們，妖族應該也不例外。

醫療團隊忙著清除「茶毒」的時候，魔王和藹的詢問妖族族長，他想，他應該不會得到想要的線索。

「這些貴客……剛走？」他注視著老族長滿是風霜的臉孔，「他們提到要去哪裡嗎？」

他和父親不同，對妖族原住民有股敬意，雖然有些功利性。原本的首都不在此處，他遷都來此是為了就近監視蠢蠢欲動的異常者。但要在荒漠建起都市極其困難，束手無策之餘，有術者建議他占領人狼聚落的伏流水源。

他親自來此，卻感到一股不可侵犯的原始力量。這伏流的根太深，深到他感到危險。老族長親自接待他，詢問他的問題，「或許你可以祈求大地母親的諒解。力量不是一切，過度的力量反而耗竭一切。」

雖然荒謬可笑，但無法解釋的，他照做了。當晚，首都的地基就湧出一道湧泉，讓他可以立基。

他不明白，但他開始善待領土內殘存的古老妖族。這種善待，的確讓他的都市群堅固、不易頹圮。

魔族之間或許有異議、鄙視。但他只看結果。可能的話，他不會去傷害讓他都市穩固的原住民。他承認力量以外的古老智慧也有其參考價值。

老族長和他初相遇時一樣衰老，也一樣充滿粗糙卻堅實的智慧，「聖魔大人，麒麟說，她要去異常者都市尋找歸鄉的道路。」

魔王的表情空白了幾秒。這不可能吧……他逼麒麟閱讀的《作客規範》裡頭，有三冊完全提到異常者的疾病和恐怖。他很想否認，但就他對麒麟那種胡作非為、異想天開、膽大包天的了解……

「她去異常者的都市?!她帶著少年真人去異常者的都市?!」向來冷靜自持的魔王失控怒吼，「她不知道那是什麼地方嗎?!」

「聖魔大人，麒麟說，異常者都市人口逾百萬，正規部隊約十來萬。」老族長垂下眼瞼。

她知道……她完全知道。她知道還帶著少年真人往火坑跳！

「李嘉……通令駐守大河的軍隊。」他勉強壓下熔漿般的怒氣，「加強巡邏！並且調派各地軍隊，準備發動總攻擊！」

老族長低著頭，一直沒有抬起臉。如果不這樣，他會忍不住笑出來。這個膽大妄為的麒麟哪……

*　*　*

「我們為什麼非去異常者的都市不可？」在首都受了幾個月的教育，明峰的額頭爆出青筋，不要說眾多老師，連羅紗都警告他不可以去，「我們借道冥界不是比較安全嗎?!」

「對啊，你知道我知道，連路邊賣菜的阿桑都知道，借道冥界比較安全。」麒麟沒好氣的回嘴，「我問你，那魔王知不知道？若不是你彈錯一拍，我們現在應該在家裡吹冷氣，需要在這裡吃沙子嗎？現在？現在魔王的大軍大概跟螞蟻一樣，等著我們上去自投羅網了。你知道魔王大軍有多少人嗎?!」

她的聲音越來越激憤，越來越大聲，「上百萬啊，呆子！你要知道我們三人對十來萬是不可能的任務，那我們對上百萬算什麼任務?!」

「主子，小聲點……」蕙娘哀求著，「我們在暗橋附近……而且是雙方都要的通緝要犯。」

她這個時候也有點幽怨。為什麼她要跟從麒麟這個惹禍精呢……似乎當個野生殭尸廚娘幸福多了。

麒麟和明峰都閉了嘴，惡狠狠的瞪對方一眼。

「主子……」哀怨完的蕙娘打起精神，「妳看到什麼暗橋了嗎？我什麼也看不到……」

「遮蔽得很棒啊。」麒麟忘記她的怒氣，津津有味的端詳起一無所有的寬闊大河。「有個故事呢，是這麼說的，有個惡人卻救了一隻蜘蛛，當惡人在地獄受苦的時候，蜘蛛垂下一根蜘蛛絲救他……」

明峰打斷她，「這個故事我們都知道。但蜘蛛絲和暗橋……」他把下半截的話吞進肚子裡，瞠目看著宛如汪洋的大河之上，有道極為微小的閃亮，一閃即逝。

「就像只有月夜才看得到星光，只有月暝時在非常巧合的情形下，才看得到這根蜘蛛絲。」麒麟讚嘆，「很聰明，真的很聰明。」她拔下幾根頭髮，幻化成三條手帕，一一發給明峰和蕙娘。

「我想很快就會到達對岸了。」麒麟愉快的宣布。

一條手帕，一根細得幾乎看不見的蜘蛛絲？這樣怎麼渡過完全看不到對岸的大河？

明峰還在發愣，麒麟已經將手帕的一端綁在明峰左手腕上，然後繞過在明峰頭頂的蜘蛛絲，再把另一端綁在右手腕上。

「妳……幹嘛把我綁起來?等等,妳要做什麼?妳要做什麼?!啊啊啊啊~殺人啊啊啊啊~」

被麒麟一腳踹下去的明峰,尖叫著順著細細的蜘蛛絲飛快的橫渡看不到對岸的大河。

跟著他的麒麟,對背後的蕙娘說,「我就說很快會抵達對岸的。」

「…………」

我,為什麼會想跟從她呢?蕙娘深深的納悶起來。

我要撞山了,我要撞在山壁上了!明峰看著越來越接近的、光滑的像是鏡子一樣的高聳山壁,尖叫到自己的喉嚨陣陣疼痛。

叫是沒有用的,他絕望的發現這個事實。對,我趕緊把手帕解開,掉到河裡還有一線生機……但麒麟卻打了死結。完了……

天啊,我就要撞成一團肉餅了!該死的麒麟~~

就在這千鈞一髮之際,他猛然往上一提,鼻尖被看似光滑實則粗礪的山壁擦破,麒麟提著他的背心，跳上了山壁之上。

明峰張大了嘴，不斷粗喘著。他受到過度驚嚇，連鼻尖在滴血都沒感覺。

「妳……妳妳妳……」好不容易找回自己的聲音，他尖銳的吼出來，「我要、我要……等回家以後，我要……我要跟妳斷絕關係！」

對！沒錯！等回到人間，他一定要跟麒麟斷絕一切關係，逃得遠遠的，再也不要跟她有任何瓜葛。

再跟她有瓜葛，他有多少命也不夠賠啊！

麒麟直接無視他的暴跳，輕輕噫了一聲，「你沒事幹嘛流鼻血？我穿太少嗎？身材好也不是我願意的。」

明峰氣得血氣上衝，倒真的噴出鼻血了。不過與麒麟的身材和布料多寡一點關係也沒有，完全是對麒麟無處發洩的極度憤怒所致。

蕙娘默默的望著天空。他們發出的噪音，百里之外都聽得見了……聽說我們是要潛入險境？她頹下肩膀，拿起手帕擦拭明峰的鼻子，順便讓他停止尖叫。

「蕙娘，妳看她啦！」明峰帶著哭聲，聲音是小了點，「我再當她的徒弟，一定會把命玩掉的！嗚嗚嗚……」

我懂，我懂，我真的懂。蕙娘默默掏出藍色小花ＯＫ繃，貼在明峰擦破的鼻子上面。坦白說，蕙娘也有點想哭。

「主子，然後呢？」待了一會兒，這樣驚人的噪音居然沒有引來任何「關注」，他們也算是洪福齊天了吧……蕙娘帶著絕望的冷靜問著。

「然後？」麒麟搔搔頭，「我有點忘了。讓我喝幾口酒恢復記憶。」她很開心的掏出酒瓶開始喝起來。

蕙娘的肩膀頹得更深了。

＊　＊　＊

從他們所在的山壁之上，可以俯瞰異常者的都市。像這樣的都市，在大河之南有數千個，自稱為「國王」或「女王」的異常者也有數百。但是提到異常者都市和異常者女王，每個人會想到的，只有這個最接近河岸，人口達到百萬的「聖后之城」，和獨自一人產下整個都市的「聖后」女王。

俯瞰這個巨大的都市，這大約是他們見過最龐大、宏偉，卻又極度醜陋的城市。

這個用黑曜石建立起來的都市，有著高聳入雲的圍牆，和張著獰惡巨口的恐怖大門。到處都冒著煙，發出讓人難以忍受的臭味，護城河發出咕嚕嚕的怪響，慘綠的浮著垃圾和屍體環繞整個都市。

尖叫、吶喊，悲鳴，即使距離這樣遙遠都可以聽得清清楚楚。明峰的胃整個打結，他原本對污穢就特別難以忍受，而這個城市像是從血腥裡撈出來的、浸潤遍了所有想像得到和想像不到的惡毒。

他覺得腦門發脹，四肢發軟。他打從心裡抗拒接近這個罪惡至極的城市。

這個時候，他突然想念，非常想念都城。那個白紗染黃、安穩豔笑的魔性天女。她污穢，但她也聖潔；她醜陋，但她也絕麗；她有著最污濁的呼吸，但也有著最輕靈的風。

她是平衡，是一切對立的平衡。這種平衡讓她完滿。

粗喘了一下，他突然聽到隱約的車聲，和都城熟悉灼熱的呼吸。明峰呆了一下。這灼熱的呼吸居然平緩了他的痛苦。

「當你把城市放在心裡，她就會應你召喚。」麒麟沒頭沒腦的冒出這一句，「這是一種咒，名為『鄉愁』的咒。束縛你的同時，也束縛你的城市。」

麒麟收起酒瓶，「來吧，讓我們回應『鄉愁』。」

「……等等，主子，我們怎麼進去？」蕙娘驀然驚醒。

點了點下巴，麒麟露出帶著邪氣的可愛微笑，「蕙娘，我們只能靠妳了呢……」

蕙娘愣愣的看著麒麟，突然心臟一陣緊縮。她修行八百年，第一次感到這樣寒澈心扉的恐懼。

「……是、是嗎？」

到底當初我撞了什麼邪，會想要服侍她呢……？

聖后，異常者的女王。她居住在城市的最中心。那是她充滿殘酷美學的華美宮殿、她的窩巢、她的產房。

這個狡獪、黑暗、殘忍而嗜殺的異常者女王，和她的同類有相同扭曲且病態的心理，但有一點她和滿腦子殺戮的同胞不同。

她清醒，並且充滿闇黑的智慧。即使是瘋狂的清醒，她也學會了「克制」。

在前任魔王的追殺下，她悄悄的在邊境山壁上的洞穴潛伏、藏匿。悄悄的生下了無數的卵，用惡意一批批的緩慢孵化，成為她的子女、軍隊、奴隸。

她像是隻黃蜂蜂后，生下無數沒有繁殖力的瘋狂工蜂。她看過太多失敗，所以她克制自己嗜殺血腥的天性，建立起基本的秩序。

秩序，對！這就是為什麼聖魔存活，而能夠生育的異常者幾乎被毀滅的主因。無節制、盲目的殺戮，只是讓她的族民減少、衰弱。她瘋狂而狡詐的智慧讓她產下整個都市的人口，制定了基礎而殘酷的特務機關維持秩序。

但是嗜殺的本性需要滿足，她鼓勵子女們去獵捕大河之南殘存的妖族、巨獸，甚至是其他都市的異常者。其他都市的異常者憎恨她，卻也畏懼崇拜她。她有種恐怖的迷人，許多城市都將她視為神祇般崇拜。

因為她是這團混亂中，秩序的化身，知道自己的方向。而絕大部分的異常者是不知道的。

她簡明的律條可以陽奉陰違，只要不被特務抓到，子女可以徹底違反。比方說，在暗巷為了滿足本性，殘殺任何一個同胞。只要不被抓到。

這讓自相殘殺的情形大大降低，但是謀殺變得更精細、更有計畫性，也更符合聖后想要的情形。

沒有人是安全的。在這個險惡的都市，他們不能在安全裡沉溺，要隨時緊繃著，懷疑身邊的每一個人。

她嚴格的控制著人口的數量，不過多也不過少。死去多少子女，她就生下多少卵替補。但她不會，不會讓城市人口毫無節制的蔓延。因為比起瘋狂的殺戮，真正可以毀滅一個城市的，是無法阻止的飢荒。

她很聰明、很清醒，一種瘋狂的清醒和機智。

這就是聖后。

這個被子女擁戴、敬畏的女王，卻不相信任何子女。她讓子女們守護她的城市，但她華貴的宮殿卻不容他們踏進一步。

她只相信傀儡、死人。因為傀儡和死人沒有自己的意志，只能機械性的依照她的咒縛，盲目的效忠。

應她的要求，她的子女獵殺了不少外觀完美的屍體，成為她的僕人，為她運輸食物，守衛宮殿，照顧不斷產卵的女王。

當希維，這個吸血族的佼佼者、英勇的使節大膽的開啟通道，直抵女王王座時，聖后瞇細了眼睛，考慮過要不要讓他成為一灘絞肉。生命本身就是危險的，她感到一絲絲興奮。長年將自己關在宮殿之內，有些時候她會渴望、很渴望危險的滋味。

她停手，任由那個吸血族進入她的領域。希維通過通道之後，發現無數長槍抵著他，華美的宮殿充滿屍臭。

女王比他想像中還要嬌小，像個孩子似的，坐在雪白的王座上，一身簡單的黑衣。皮膚泛著淡淡的櫻花白，襯著著柔軟的黑髮。

這樣孩子似的女人，卻有張讓人看了停止呼吸的豔麗容顏。

她偏了頭，微微笑。漆黑的瞳孔沒有感情，卻讓希維有著劇烈疼痛的威勢。他以為只有神或魔的貴族才有這種劇烈的神威或魔威。

用打量食物的神情，女王開口，稚嫩的童音，「所為何來？被放逐的賤民？」

希維跪下，卻不是因為禮節。而是一種顫抖的、對死亡屈膝的恐懼。「陛下，我是吸血族的使節。」

竭盡所能的說明結盟將有的好處，這位尊貴的暗黑女王卻不太感興趣。

「你說的一切，我獨力即可達成，無須與任何族群分享。」女王漾出一絲微笑，「除非，你將『未來之書』繼世者的血液盡數帶來給我，或許我會考慮將恩惠賜予賤民。」

以為自己必定會犧牲的希維，喜怒無常的暗黑女王卻饒過他，毫無理由的將他安置在宮殿之中，讓他自由進出。甚至允許他感染其他異常者，成為希維忠心的僕從。

他不懂，但女王絕麗卻令人毛骨悚然的眼睛只是盯著他看，也沒給他答案。

* * *

「這樣，真的沒有問題嗎？」走在前面的蕙娘有幾分絕望。

「安啦，」麒麟低下頭，「誰敢打擾女王的僕人和食物？明蜂，你別光顧著發抖，露出茫然的神情啊！女王的食物都是迷惑來的，這樣才可以保持肉質甜美新鮮……」

麒麟不得不對死去的吸血魔感激不已。這個驕傲自大又狂妄的吸血族受過謹慎細心的情報收集訓練。他在這都市的仔細觀察，成了她最有力的武器。

「……萬一被發現怎麼辦？」明蜂趕緊垂下眼簾，欲哭無淚。「蕙娘太漂亮了，跟路上那些爛骨頭差太多了！我們也一點都不像是魔族或妖族啊！萬一被發現……」

麒麟應該有什麼好辦法吧？他湧起微弱的希望。

她輕輕的移開視線，「被發現再說吧。」

明蜂瞪著她，表情呆滯的張大嘴。再說？被發現還有機會讓妳說？

因為他陷入嚴重的沮喪和震驚，當頭顱滾到他腳邊時，他沒跳起來露出馬腳。

「把頭還給我！還給我！」沒有頭的孩子追著、罵著，他的玩伴嘻笑著把他的頭當球踢，那個沒頭的孩子氣了，抽出小刀刺入玩伴的心臟。

整個聖后之城，就像是個龐大的瘋人院。到處都是尖叫、哀鳴，蹲在角落談笑風生的青少年正在啃食活生生、尚在抽搐的魔族。這類的殘酷在大街小巷每分每秒的發生。

再繼續待在這個巨大的瘋人院，連我都要瘋了。明峰感到一陣陣的劇烈頭疼。

蕙娘不敢回頭，手裡還握著鍊著麒麟和明峰的鐵鍊。這是她認識麒麟以來，最糟糕的餿主意。她不該答應麒麟冒這種險……她雖然是殭尸，但和那些不死族——女王的僕人相差甚遠。再怎麼偽裝也不太相似。

更不要說這兩個絕頂美味的人類……

從進城以來，她已經快被貪婪飢餓的眼光給吞噬了。雖然她知道，這些貪婪是針對麒麟和明峰的，但這只讓她更緊張、憂心。

我不該聽麒麟的。

當有人拍了拍她的肩膀，她緊繃起來。果然……還是被拆穿了。她悄悄的運勁，準備殺開一條生路，好讓麒麟和明峰可以順利逃走……

「妳是哪家的僕人啊，嘖嘖，真漂亮得緊。」一個嘻皮笑臉的青年說著，「打個商量，那兩個好吃的食物給我，我拿一車奴隸跟妳換好不好？別不理人嘛，不然也告訴我妳主人是誰，我好去跟他商量……」那個青年住了口，張大嘴看著蕙娘。

這個外觀極其美麗的不死族，額頭繪著奇特繁複的花紋，還帶著強烈警告的氣息。

那、那那……那是聖后印記。

「我沒有、我沒有……我沒有打聖后食物的意思！」他嚇得跌倒在地，四肢並用的往後爬開，「我沒有要騙妳的食物！我我我……聖后原諒我！我不該觸碰高貴的女官！原諒我原諒我～」那青年似乎發了歇斯底里。

蕙娘深深看了他幾眼，僵硬的將頭轉回來，牽著麒麟和明峰繼續前行。

「我就說吧，」麒麟洋洋得意的一挺，「我人體彩繪的工夫可是一等一的好，硃砂本可驅邪，拿來代替聖后的氣息真是再好也不過了，看我的計畫是多麼完美啊……」

蕙娘和明峰都在心裡默默的說著，「閉嘴。」

靠著這個簡直是瞎搞的計謀，他們居然平安的抵達聖后宮殿。

他們居然平安的進入聖后宮殿。

這完全沒有道理。蕙娘發起愣來。守衛宮殿的不死族只略略看了看蕙娘的額頭，就轉頭讓他們進去，讓蕙娘摸不著頭緒。

該說是誤打誤撞，還是機緣巧合……麒麟膽大妄為的用了硃砂偽造蕙娘額頭的印記，的確混淆了感官明顯有問題的不死族。這些不死族擁有不自然的強壯和死亡氣息，是毫無畏懼不知憐憫的怪物、最勇猛的軍隊，只會盲目的效忠聖后。

或說，盲目的畏懼聖后。

但他們有個致命的缺點，就是笨。

他們會分辨異常者，會分辨魔族和妖族的入侵者，但他們從來沒遇過人類。在他們少得可憐的感知和記憶中，這兩個鮮嫩可口的食物，應該是兩腳直立的「野獸」。

而蕙娘天生帶著的殭尸氣息雖然令人困惑，但她額頭那令人刺痛、不舒服的感覺，解釋了不死族的困惑，她應該是聖后親手描繪，在身邊服侍的女官，和他們這些用烙印大量製造的不死族不同。

等他們抵達希維生前的房間，不約而同的鬆口氣，麒麟將下巴一抬，「我的計畫是完美無缺的。」

就像蕙娘習慣隨身攜帶著調味料，身為禁咒師的麒麟隨身帶著硃砂也不是什麼不尋常的事情。但她沒想到這習慣成就了這樁魔界最偉大的偽造文書。她不是不自豪的。

滿身大汗的明峰和蕙娘趴在床上或桌上，完全不想理她。

「……這只是該死的運氣！妳懂不懂？運氣！這才不是妳的狗屁計畫有個鬼完美……我們可能透支了未來十年的運氣！」

恢復過來的明峰怒吼，「媽啊，我們居然活著，還活著？天哪～」

「你懂什麼啊，」麒麟輕蔑的撇撇嘴，「『運氣』也是才能之一欸！再周詳的計畫缺乏了『運氣』，只有通向失敗一途！」她自我激賞的摩挲下巴，「我真是天才，可以把『運氣』納入計畫中成就完美的一環……」

「妳……」明峰氣得噎住，明知道她強詞奪理胡說八道，但卻找不出話來反駁。過度激動的結果，是他脆弱的鼻黏膜又崩潰了。

「你幹嘛又流鼻血？」麒麟好奇的戳戳他，「你青春期這麼慢才發作？」

「蕙娘！」明峰摀著鼻子，「妳看她啦！嗚……」

蕙娘只能幫他止血，卻想不出什麼話好安慰他。「……主子，然後呢？」

對，他們潛入宮殿，也找到安全的地方潛伏（目前看起來），並且騙過大部分的守衛。

然後呢？她光走進宮殿就後頸刺痛。殭尸的本能告訴她，這裡危險，非常非常危險。這個宮殿的主人擁有不遜於魔王的魔威。

要怎樣走到她面前，不驚動她的遁入通道？

「執行A計畫，開始等。」麒麟舒服的往床上一躺，掏出酒瓶，「鳥魔王應該知道我們要來這裡了，他會派軍隊來『處理』這個都市。」

「……妳怎麼知道？」蕙娘訝異了。她跟從麒麟已久，知道卜算不是她的專長。

「猜的。」

「……」蕙娘和明峰一起瞪著她，大腦一片空白

「……如果魔王沒有派軍隊來呢？如果魔王派軍隊來，我們被抓起來呢？如果……」明峰有點語無倫次。

「如果A計畫失敗，就執行B計畫啊。」麒麟胸有成竹的說。

「我可不可以問B計畫是什麼？」

「B計畫……」麒麟灌了幾口酒，「對啊，B計畫是什麼呢？我現在開始想吧。」

一陣長長的沉默。

「蕙娘，妳有沒有筆？」明峰的聲音絕望而冷靜，「我想現在開始寫遺書應該還來

得及。」

「……」

該死的麒麟，天殺的麒麟種！

當魔王用最快的速度集結大軍，使用準備已久的軍艦渡河，在高聳山壁找到並且切斷蛛絲暗橋時，他們同時也找到麒麟留下來的記號。

這隻天殺的、不知道畏懼為何物，把他耍得團團轉的麒麟種！

他試著冷靜下來，不禁有些困惑。跟她說話向來小心，沒有透露過半點訊息。應該說，全魔界沒有人知道他暗暗計畫著突襲聖后之城。

整個計畫都是分段而零碎的切割，交給屬下去執行。甚至他還製造出一些假象，表達他對北方握有較龐大軍隊的異常者領主有較為強烈的敵意。

他還率軍親自平定邊陲不是嗎？雖然魔界貴族的勾結讓他有些意外，但也在掌控之中。

只是巧合？只是極端的巧合？他強烈的懷疑這種想法。他嚴重懷疑麒麟根本就知道

（不管她是怎麼知道）他暗地裡的計畫，所以才大膽的投身到聖后之城。

是的，他對這個比起其他囂張跋扈、滿心殺戮的異常王者來說，顯得特別小心謹慎，特立獨行的聖后，有著非斬除不可的決心。

異常者沒有秩序，沒有社會規範，只有混亂和瘋狂。這讓他們危險卻不足為患。懼怕大河的咒力讓他們無法駕船渡河，而建造橋樑需要時間。一個反秩序的混亂團體會自我攻伐自我消滅。

但聖后卻建立起秩序，獨自生下一整個城市。

他和他的父親致力於將魔界統一在相同的旗幟下，成果雖說不上完美，卻也有初成。平定內憂，他才有餘力去解決外患。

而聖后就是那個足以傾覆的腫瘤。攻破聖后之城，消滅了聖后，秩序就會徹底崩潰，他可以各個擊破混亂的異常者，說不定不完全需要動用武力。

但這很危險，非常危險。所以他需要一個強而有力的皇儲，在他若戰死的時候可以扛下身後的重擔，並且避免貴族在他死後蠢蠢欲動。只要安排完皇儲的事情，他就準備出其不意的出軍解決這一切。

可恨的麒麟種！

他強忍住憤怒，不然可能會讓沿岸山壁一起崩塌潰裂。

「等我剷平了聖后之城，」他喃喃的咒罵，「我一定要把妳綁在馬後，一路拖回首都！」

李嘉垂下眼簾，省得讓魔王發現他的笑意。

* * *

賤民帶了什麼回來？聖后的意識邊緣被觸動，她正在產卵，默默的忍受陣痛，但不妨礙她對宮殿的掌控。

她的意識穿過千牆萬壁，想搞清楚希維帶了什麼回來……但另一個更不舒服、更嚴厲的惡感，吸引了她的注意力。

聖魔的魔王。

她想咒罵、憤怒、撕碎……但更強烈的是……她想立刻逃走的恐懼。她幾乎被前任魔王殺死，碎裂成一灘爛肉，花了非常長久的時間才痊癒。

她憎恨，但也極度畏懼魔王。

太快了。他應該將所有注意力都放在北方邊陲不是嗎？她還沒有準備好……她產下的卵不夠多，不足以抗拒魔王的大軍。

我明明這樣潛沉，這樣的隱遁，只在精神上掌控異常者。時機還沒有到……她用無比的耐心等著。她站起來，任由腿間的巨卵滑落。

「阻止他們。」她輕輕的、無聲的說，「殺死所有看得到的敵人。」

她的無聲之聲傳入每個子女的耳中，讓他們僅存的一點秩序崩潰殆盡，成為嗜血不畏死的野獸。

用全部的精神指揮著她的百萬子女，傾巢而出的面對激烈無比的大戰。

透過遙遠的記號，麒麟看到血肉模糊的戰場。當然也聽到魔王之前的憤怒。

「我若讓你抓回去，我的名字倒過來寫。」她喃喃著，有些遺憾的晃晃所剩不多的蜜酒，「應該多帶一些，只是我帶不動。」

她伸了伸懶腰，「走吧。」

正在寫遺書的明峰抬頭，「……現在就要去送死？不能晚一點嗎？」

對我有信心一點好不好？麒麟沒好氣的瞪他一眼。「魔王已經帶大軍來囉……不趁現在混水摸魚，要等什麼時候啊？」

麒麟昂首走了出去，後面跟著兩個頹喪的弟子和式神。

整個宮殿空空盪盪的。背水一戰的聖后派出所有可用的兵力，包括她的所有僕人。專注在遙遠戰場、精神緊繃的聖后，驚覺這三個「賤民」接近的時候，麒麟等人已經來到她的王座之前。

一疏神，戰線崩潰了一角，她美麗的臉孔扭曲起來。殺了這三個賤民……

「聖后，我不是來跟妳打架。」麒麟攤開手掌，表示她沒帶武器，「妳和聖魔都有權在這片土地生存下去，你們只是還沒找到共存的方法。」

她緊張的臉孔略為放鬆，露出一絲疑惑。殺他們很容易……他們力量微小、生命脆弱。但生存這麼久的智慧告訴她，螻蟻亦有微智可師。

「但是現在妳和魔王打什麼呢？」麒麟甜甜的誘哄，「魔王是個阿呆，只知道用武力征服，但聖后可是擁有生育宇宙的完美秩序創造者。男人哪……唉。」麒麟揮了揮手，表示不值得一顧，「跟那種只能提供精子的低等生物有什麼好計較？城市隨時都可重建，孩子什麼時候都能生，到底還是聖后的命最尊貴重要，您說是嗎？」

……她的意思是，放棄城市、子女，離開這裡？讓殺戮本能主宰的聖后漸漸冷靜下來，仔細思考著。

我還活著，就還會有城市、子女。我若死了，什麼都不會有。

她的本能驅使她攻擊到最後一刻，但累積的黑暗智慧告訴她，這只會通向死亡的虛無。

傲然的，她從王座上站起來，俯瞰著三個賤民。特別記住那個額上有著角的奇特少女。等她成就一切，或許會把這少女抓來當寵物，饒她不死。

只是她不知道，在她全神貫注於戰線時，中了麒麟奇特的言靈之術。麒麟聳聳肩，連統御魔界的至尊魔王都要得動，她沒理由要不動聖后。

原本頑抗、組織嚴明的異常者大軍，突然崩潰混亂，讓魔王的軍隊不費吹灰之力的剷除，但魔王的心裡反而驚懼起來。

異常者會戰鬥到死的那一刻為止。只要誘發了殺戮的本能，他們不知畏懼、也不會後退。身為聖后意志、觸角的異常者為何茫然恐慌？

攻入聖后宮殿，早已人去樓空。通往人間的狹窄通道發出黯淡的光，貼著一封信當作封閉的護符。

展開信一看……

「嗨！雜毛鳥魔王。等曉媚生了小孩，我們會來吃紅蛋。記得準備好《地海》的第七部啊。你都有老婆了，不要太想我。這樣的我真是罪孽啊……

不過我提醒你……王后還是隨軍比較好。」

王后隨軍比較好？他臉孔刷的慘白。這該死的麒麟種是不是知道什麼？讓皇儲逃脫，沒抓到聖后……他真的不能忍受任何壞消息了。

「天殺的麒麟！」一面撤軍，一面氣急敗壞的大叫，「妳就不要落在我手裡！」

麒麟伸了伸舌頭。魔王大概以為首都叛變，然後氣急敗壞的跑回去。每個人都有一個弱點麼……

在狹窄而紊亂的通道光流中，她抓著明峰和蕙娘飛行。

蕙娘八百年的修行發揮了作用，讓她雖然有些暈車，但還可以忍受。只有明峰倒楣了……他覺得自己像是被綁在雲霄飛車裡頭連續坐了八個小時。

沒想到……麒麟的餿主意沒害死他們，但他卻被這漫長而痛苦的返鄉之路殺死了。

「……我希望可以火葬，葬禮簡單就好……」他神智不清的喃喃著。

「不要那麼沒用好不好？」麒麟不耐煩了，「就到了啊。」

等他們落地，明峰大大的喘了口氣。他已經把所有可以吐的東西都吐完了，感到一陣陣空虛。但人間的氣息讓他昏暈的思緒漸漸清明起來。

「……這是吸血族開的通道。」

「對。」

等等。魔界那端開在聖后的王座之前……那人間這一端呢？總不可能開在梵諦岡大教堂吧？

他張大嘴，環顧四周，和同樣呆滯的吸血族諸位祕法師面面相覷。

「……甄麒麟！」他抱著頭，跟在麒麟背後亂竄，身後是無數雷光暗火法術和機關槍子彈在追逐。

「啊就……」麒麟一面逃亡，一面乾笑著，「啊就一時沒有想到……人有錯蹄馬有亂手……」

「現在是說相聲的時候嗎?!」明峰發出絕望的尖叫，「救命啊～」

十、最愛的人和最重要的人

主人，主人！你為什麼不帶我走，為什麼不呼喚我？我成了你的累贅，被你討厭？你是我最重要的人，一直都是我最重要的人啊！

哭著從夢中醒來，晶瑩的眼淚不斷的從大眼睛滾下來。她已經習慣人身，但還是不太會變化蛇髮。驚懼的在黑暗中啜泣，壓抑著哭聲。

明熠迷迷糊糊的醒過來，看到英俊閃亮的淚水，一整個清醒。

「英俊？英俊！不要哭呀，我在這裡，一直都在這裡呀……」他溫柔的哄著，讓英俊趴在他胸口痛哭。

這麼久了，英俊還是會因為惡夢驚醒，然後不斷啜泣。

唉……他還是無法代替表哥的位置嗎？

一年前，在一個大雨滂沱的夜裡，全身又是血又是泥的英俊來找他。從來沒有看過她這麼狼狽、這麼可憐、這麼的脆弱。

化身為少女的她，赤著腳，不知道走了多久才到他家。她受了很大的驚嚇，壓抑著啜泣的聲音嬌弱而破碎，「主、主人有沒有在這裡？他、他有沒有跟你連絡？」

然後倒下來，發了好幾天的高燒。

她全身布滿了數不清的傷痕，像是被許多尖銳的爪子抓過，有些地方還見骨。不能將她送醫院……哪個醫院會醫妖怪啊？含著眼淚的明熠只能拿出冰箱的艾草水，用稀薄的一點記憶和知識救她。

不知道是艾草水的神效，還是明熠心疼的眼淚，英俊外表的傷痕漸漸痊癒，但內心的傷痕卻痊癒不了。

他的表哥就像是人間蒸發，完全連絡不到了。

英俊沒有提發生什麼事情，他也沒有問。這個嬌弱的妖怪少女就住在他的居處，因為她夜夜惡夢，所以明熠跟她一起睡。

「……我會嚇到你。」她茫然好一會兒，「不小心露出原形的話……」

「才不會。」明熠沉默了一會兒，含羞的說，「如果妳認為我是要占妳便宜，我、我……」

「你不會的。」她悽苦的笑出來。

「……我會欸。」明熠小小聲的說，「因為我、我真的想要跟妳結婚。妳就算露出原形也沒關係……如果生出來的寶寶是顆蛋，我會幫妳孵。」

英俊張大可愛的眼睛，看了他好一會兒。含著淚光，她抱住明熠，「你是我最愛的人，真的。」她哭著，雖然帶著微笑，「但是……對不起，卻不是我最重要的人。」

說不心痛是騙人的……但他撇開這種心痛，溫柔的照顧英俊。

說不定有一天，他的比重會比較重，日子慢慢過去，說不定，他會變成英俊最重要的人。

但是隨著時光過去，他悲傷的發現，英俊還是作著惡夢，還是會哭。而且絕對不在他面前露出原形。

望著她清澈無辜如小鹿的眼睛，明熠知道，她從來沒有說謊。她愛我，非常非常愛我。但對她最重要的，還是她發誓要跟隨一生的表哥。

但和她一起生活還是很幸福的。她溫柔體貼，充滿一種羞怯的風韻。她將家裡整理得井井有條，煮出可口的餐點，她的一舉一動一顰一笑都讓他心醉。

一年了呢。這樣朝夕相處一年了，他還是跟當初見到她時有著相同的悸動。

「我們結婚好不好？」互相依偎的時候，明熠低語，害羞的掏出一枚戒指，「萬一有了小朋友，也比較好報戶口。」

話說完他真想打自己一頓。媽的，真有夠拙的求婚啦！

英俊卻只是張大眼睛，嘴巴成了一個可愛的O型。她點了點頭，卻又搖搖頭。

「若、若是主人回來，我就得回去跟從他。」她小小聲的說，「這對你不公平。」

「是很不公平啊！」明熠吼了起來，看到英俊被嚇到，他勉強壓低聲音，「但是……我還是想跟妳結婚。我想清楚了，」他反覆思考了一年，終於決定了，「表哥是妳的老闆，妳是他的貼身秘書，這沒辦法嘛，因為妳很有職業道德。但我喜歡妳啊，我很喜歡很喜歡妳啊！妳不能陪在我身邊我會難過……但為了工作分隔兩地的夫妻又不是沒有……」

真的。他真的考慮很久很久。和妖怪的壽命比起來，人類跟螞蟻沒兩樣。和英俊結婚，她將來一定會守寡。想到她一個人要孤寂很久很久，他就覺得好痛苦。

但是沒辦法啦，就是喜歡，就是愛啊。他就愛這個有著無辜眼神的妖怪少女，一點辦法也沒有啊。

「當妳最愛的人，我就滿足了。」

英俊的眼神茫然很久，默默收下那枚戒指。其實她心裡起了一點點動搖。

或許這樣也好？或許主人回來，她也不會離開明熠？當一個人間的小妻子，平凡的度過每個晨昏，這不也是很好的生活？

這樣的幸福雖然平凡，卻是她最想要的。

但是，當主人久違的呼喚響起，她無視婚禮的進行，在紅毯的中間停住腳步。

「……主人在叫我。」她的一切決心、渴望，通通拋諸腦後，她準備變身，立刻飛到主人身邊。

「我現在不能讓妳走！」明熠吼著，將她拉過紅毯，在驚愕賓客的目光下，硬拉著她的手蓋章在結婚證書上，狠狠地吻了她一下。

「現在，妳可以去上班了。」明熠勇敢的笑笑，眼眶有些發熱。「我永遠會等妳回家。」

化作一陣狂風，她匆匆擁抱了她最愛的人，轉身飛向天際，應最重要的人的呼喚。

「英俊，快來！」就在他們被吸血族包圍的瞬間，明峰下意識的大喊，完全忘記他失去召喚英俊的能力。

過了一會兒，什麼都沒有。

天哪，他忘記他失去呼喚英俊的能力了！天要亡我嗎……？看著越來越圍攏、越來越多，也越來越憤怒的吸血族，他困難的嚥了一口口水。

「呱！主人！」一頭獰惡、凶猛而龐大的九頭鳥從天而降，用蛇頸將明峰捲上寬闊的背，無視底下吸血族的怒罵、法術和子彈，氣勢萬鈞的騰空而起。

麒麟笑咪咪的抓著她的右爪，蕙娘抓著她的左爪。

「英俊！我好想念妳啊！」明峰抱著她哭了起來。

主人，並沒有拋棄她。她也含著晶瑩的淚水。「對不起，我來晚了。剛剛我在嫁人……」

明峰眼淚停住，「……什麼？」

「我剛嫁給明熠了。」

明峰深深的吸一口氣，幾乎張口噴出怒火，「他這小王八蛋，居然趁我不在拐走我心愛的小鳥兒！我宰了他！」

麒麟嘆了口氣，把僅存的蜜酒灌進嘴裡。

（禁咒師卷肆 完）

作者的話

禁咒師第四部，其實我頭痛很久。

我設定了如何寫，但一直猶豫能不能被接受，畢竟這部是個重要的轉折，而轉折，不可能是愉快的。

我也很討厭自己不肯妥協，但不能因為前三本的調性比較受歡迎就改變設定啊……對各位抱歉了。

之前我將哀傷偷藏在看起來熱鬧、繽紛的歡笑中，但是這次，必須赤裸裸的面對「憂傷」。我一直在想有什麼辦法可以避免，但似乎都很矯揉造作。

後來心一橫，決定就這麼寫了。不想管出版社、不想管讀者，就照我的心意去發展整個故事。

其實這一本裡頭，我藏了很多東西。最主要的還是想要讓明峰成長起來。我認為一個沒有愛過恨過的人，其實是缺乏了一些什麼。讓他一直保持純潔無瑕，讓麒麟捉弄可能是種幸福，但他不算是個完整的人。

所以我安排了羅紗，安排了這趟旅程。此外，我想要描述一下魔界最可能的面貌。我也承認，魔界在許多方面是人間的投影。過度使用的「力」，自以為高貴和鄙視物質條件較差的古老妖族，以及染了疾病卻頑強存活的異常者……

其實我埋了太多東西在裡面，花了大量力氣和時間去描繪，隱藏，其實這並不是讀者想看的。但對我來說，這是多年來的思考和反問，造就了這本令人不太愉快的禁咒師。

這些年，我隱居、沉默，甚至躲避看小說或漫畫，就是畏懼被說是像某某作品。說我傲氣也好、精神上有潔癖也可以，當我費盡無數力氣打造的世界，被一語「與某某相類似」就可以打死了。當然我會氣餒、神傷，有時候非常生氣。徹底隔絕資訊到這種地步，我依舊沒辦法擺脫那些我既沒看過也沒聽過的作品陰影，很多時候我是滿絕望的。

但現在就比較無所謂了。我發現，外殼相類似，但精神決不相同。這就是我的王國、我的歷史。他們互相影響但未必會交集。作為一個創作人，由我所創的世界卻未必由我主宰，其實是一種很神妙的樂趣。

我一直很喜歡一種布料。所謂暗繡。用相同的顏色繡花，遠看跟雪白並無不同。但是他的白更豐富、更有層次，在每個起伏獨具匠心。

若說有什麼期待，我期待我成為這樣的暗繡師父，繼續在我的小說裡埋藏這種無色的層次。

＊　＊　＊

我不知道讀者的感受，但我自己是相當喜歡羅紗的。或許說，羅紗在某部分的心態是我的投射，這是我反觀傷痕累累的一生，最深的感慨。

「我終生為多情所苦，所累。到頭來，還是因為多情而完結。這樣也可以說是有始有終吧？」

雖然並沒有因為誰而腰斬，但我在這段跌跌撞撞的旅途中，徹底斬殺了我所有的溫柔和單純。

我投射了許多，也投射了我最近的一點感受和經歷，當然不是原音重現，只是一點感覺、一點悲愴而甜蜜的反芻。

一切都會有盡頭。但我能做的，是在旅途和每個並肩的同伴微笑。

並且向前走。

希望下一部的禁咒師可以開心一些。

國家圖書館出版品預行編目資料

禁咒師 / 蝴蝶Seba著. -- 二版.
-- 新北市 : 雅書堂文化, 2016.02-
冊 ; 公分. -- (蝴蝶館 ; 1-3, 5, 7, 10, 13)
ISBN 978-986-302-288-6(卷1 : 平裝). --
ISBN 978-986-302-289-3(卷2 : 平裝). --
ISBN 978-986-302-290-9(卷3 : 平裝). --
ISBN 978-986-302-291-6(卷4 : 平裝). --
ISBN 978-986-302-292-3(卷5 : 平裝) . --
ISBN 978-986-302-294-7(卷6 : 平裝) . --
ISBN 978-986-302-296-1(卷7 : 平裝) . --

857.7 104027858

蝴蝶館 05

禁咒師〈卷肆〉

作　　者／蝴蝶Seba
封面題字／做作的Daphne
發 行 人／詹慶和
總 編 輯／蔡麗玲
執行編輯／蔡毓玲
編　　輯／劉蕙寧・黃璟安・陳姿伶・陳昕儀
執行美編／陳麗娜
美術編輯／周盈汝・韓欣恬

出版者／雅書堂文化事業有限公司
郵政劃撥帳號／18225950
戶名／雅書堂文化事業有限公司
地址／新北市板橋區板新路206號3樓
電子信箱／elegant.books@msa.hinet.net
電話／（02）8952-4078
傳真／（02）8952-4084

2007年8月初版　2019年12月二版3刷　定價240元

經銷／易可數位行銷股份有限公司
地址／新北市新店區寶橋路235巷6弄3號5樓
電話／（02）8911-0825
傳真／（02）8911-0801

Seba·蝴蝶

Seba・蝴蝶

Seba・蝴蝶

Seba・蝴蝶